Idea man

Idea man

Idea man

Idea man

日本暢銷書點評手的超寫作術

「書くのが苦手」な人のための文章術

日本暢銷作家、書評家
印南敦史＿＿＿＿著　　邱香凝＿＿＿＿譯

推薦　找到「非寫不可」的動力

對於長期在企業、公部門與大學院校講授寫作課程的我來說，當出版社編輯跟我提及這本書的時候，讀後的第一個感覺是有種親切感油然而生。當然，不只是作者同我一樣平素都喜歡寫作和大量閱讀，更因為這本書中提到的很多觀點和我不謀而合。

本書作者印南敦史，早年在任職廣告公司期間成為樂評人，接著轉任音樂雜誌總編輯，現在是日本知名的書評家。年讀七百多本書籍，著有多本暢銷書。本書分享他多年來讀書和寫作的心得與技巧，目的是幫助「不擅長寫作」的人提高寫作能力。

作者提到許多人覺得自己不會寫作，主要原因有三個：一是對自己寫作能力缺乏信心；二是不習慣寫作所以討厭寫作；三是覺得寫作很困難。要改善這些現象，作者建議從培養閱讀習慣開始，平時多閱讀一些好文章，將優美的內容輸入腦中以訓練寫作腦。當閱讀量逐漸增加的時候，寫作能力也就會自然提高。

接著作者分享寫出「戳中人心的文章」的十三個訣竅，例如：明確知道在寫什麼、吸引人的開頭、隨心流動而不是刻意安排架構等等。其中最讓我印象深刻的就是第十三個原則，無論如何都要持續每天寫。看到這裡，也讓我想起知名作家村上春樹，他在《身為職業小說家》一書中曾經提到，自己規定一天要寫滿十頁左右的四百字稿紙。道理很簡單，因為做長期工作時，規律性會具有重要意義。

印南敦史也在書中分享他十年來每天寫作的經驗，認為找到「非寫不可」的動力非常重要，必須時常提醒自己寫作的初衷，並保持好奇心，每天寫不同的題材。

他建議大家要找到「非寫不可」的動力，就像玩ＲＰＧ遊戲時，為了升級只能不斷重複特定任務一般。這個比喻非常貼切地表達出持之以恆寫作的必要性，也提醒我們在精進寫作的過程中，要設法讓自己產生那種必須做下去的內在動力。

最後，作者指出學會寫作能增強同理心、提高自信、活得更從容以及改善社交障礙等等，幫你過上更充實、開心的人生。他鼓勵大家不要害怕寫作，把寫作當成生活中的一部分，只要能夠養成每天寫作的習慣，自然就能夠成為寫作高手了。

相較於坊間其他有關寫作的書籍，我認為本書最大的特色有以下幾點：

作者很強調閱讀的重要性，所以不只教技巧，更注重培養寫作素養。

他也不吝在書中分享自己長期寫作的心路歷程和體會，更融入自己對生活和人性的思考。

除此之外，本書也充滿正能量，鼓勵讀者找到寫作的樂趣，而不是以強迫或壓抑的方式來學習寫作。好比作者提到記流水帳也是一種幫助養成寫作習慣的方法，這點也讓人耳目一新。

本書運用大量生動的比喻，不僅增加可讀性，也適合不同程度的讀者閱讀。總之，這是一本注重寫作過程與心態，而不只訴諸寫作技巧的好書。它從根本上啟發讀者建立正確的寫作態度，並提供可行的實踐方式。

整體來說，本書內容淺顯易懂，也充滿人生的感悟，很適合想提高寫作技巧的各類讀者閱讀參考。作者的分享平易近人，內容富含智慧，能啟發讀者在寫作與生活上的反思與成長。我很樂意向您推薦這本書，我相信讀完之後必然獲益良多，對寫作有全新的認知。

《1分鐘驚豔ChatGPT爆款文案寫作聖經》作者 鄭緯筌

https://www.vistacheng.com

前言

重要的不是文筆好壞，而是打動人心的訴求

感謝您拿起這本書。

首先，請容我做點簡單的自我介紹。

我以作家名義寫書，也以書評家名義發表各種書籍評論，還發表與音樂相關的專欄文章等。換句話說，我是以「寫作」為生的人。

我開始把寫文章當成工作，是二十幾歲時的事，當時我在一家小型廣告公司寫文案。之後，我一邊在廣告公司任職，一邊以音樂寫手的身分開始活動，後來又轉行當音樂雜誌的編輯，最後獨立創業。接下來的人生經過一番曲折蜿蜒，勉強成為靠寫文章過日子的人。

本書以我自身經驗為基礎，嘗試為不擅長寫文章的人**提供「如何面對文章」、「如何寫文章」的方法。**

這樣聽起來好像很厲害，其實我也不是從一開始就不排斥寫文章的人。

簡單整理一下。

- 小學低年級時擅長寫作文。
- 十歲時發生一件事，心裡有了陰影，使我成為討厭寫作文的人。
- 十三歲時，又機緣巧合擁有了自信。
- 不過，始終踏不出第一步……
- 三十一歲時有了轉機。

承上可知，我走過的是一條非常複雜的路（序章會詳細說明發生過什麼事）。換句話說，在抵達現在地之前，我繞了很大一圈的遠路。

可是，**正因如此，我非常能夠理解「不擅長寫作」或「對寫作感到自卑」的心情**。一旦認為自己「寫不出來」，這樣的心情就會不斷膨脹，變得愈來愈寫不出來了。不只如此，愈是寫不出來，愈容易陷入自厭的情緒，好像全世界只有自己寫作能力低劣似的（明明絕對沒有這種事）。

不過，各位請放心。**寫不出理想的文章、寫作速度慢、擺脫不掉「我不會寫文章」的自卑感……這些都不是什麼丟臉的事。**因為幾乎所有人（雖然有程度上的差異）都曾有過類似感受。不是只有自己做不好，反而應該說，做不好是理所當然的事。

更不必因為寫不出來就覺得羞恥。

為什麼這麼說呢？

其實，為「寫不出來」而煩惱的人，根本不在乎「其他同樣寫不出來」的人。站在自己的角度去想或許更容易理解。假設現在有個和自己一樣煩惱「寫不出來」的A先生，對你而言，你的煩惱充其量只是「自己寫不出來」，根本不會去在意A先生寫得怎麼樣吧？

簡單來說，就是很多人都抱持著相同的心情。就算還有其他寫不出來的人，也沒那閒工夫去想「原來那傢伙也寫不出來耶！」

此外，關於「文筆好」、「文筆差」也是一樣。多數時候，無法從自卑感中跳脫的人，都是太在意「自己文筆不好」或是認為「文筆差真丟臉」。其實真正**重要的不是「文筆好不好」，而是「能否打動讀者的心」**。這才是寫作本質上的價值。

換個說法，寫不出精彩的文章或文筆不好，並不代表寫出的文章一定不行。世界上有太多「文筆很好」但完全無法打動人心的文章，這就是最好的證明。在寫作這件事上，重要的不是「文筆好壞」，而是「文章中打動人心的訴求」。我認為這是寫文章時絕對不能忽略的重點。

另一個重點是，多數時候，人們不是「寫不出來」，只是「沒發現自己能寫」罷了。其實你的文章說不定具備打動某個人心的能力，卻在自卑感或想太多的阻撓下，無法將文章寫出來，這樣的情形也不少。不過，只要能克服這點，就會像視野瞬間開闊一般，開始寫得出文章了。

換言之，寫文章這件事沒有那麼難。**覺得困難只是自己誤以為難，結果提不起**

勁來寫而已。追根究柢，我們每個人從懂事開始，就擁有最低限度的書寫能力（雖然當時文筆還很稚嫩）。現在之所以寫不出來，只不過是將這根源的能力遺忘了，或是裝作沒看見。

所以，只要把寫作這件事想得更輕鬆一點就好。

我想先讓大家理解這一點，再進入本書正式內容。不過，正如您現在讀到的，本書介紹的內容一點也不難。因此，請放輕鬆往下讀吧。

印南敦史

第2章

養成「先讀再寫」的習慣，就能迅速提昇寫作能力

第3章

「戳中人心的文章」就要這樣寫！

將寫作帶進日常的三個訣竅——149

注意！容易使讀者疲憊的七種缺點——160

第4章 十年來每天寫作的我「持續書寫」的祕訣

終章
「會寫文章」人生就多了一大武器

序章

我為何喜歡上「寫作」？

原本喜歡的作文，為什麼變討厭了

覺得自己不擅長寫文章的人，多半都有某個「變得不擅長的原因」吧？比方說，自己寫的文章曾被誰否定，或被要求「非怎麼寫不可」的單方面價值觀。我在想，要是沒有這些，或許你對寫文章這件事能抱持更積極正面的態度。

當然，我也有類似經驗。「前言」稍微提到過，我在寫作這條路上有過自信，但也曾碰壁，一路走來經歷過不少波折。因此，我想先從自身經驗開始說起。

在思考關於「寫文章」這件事時，我第一個想起的，是小學低年級時寫的作文。就是國語課上，在四百字稿紙上寫的那個。

不喜歡上作文課的人可能不少，但當時的我並不討厭寫作文。因為我出於本能地理解到「寫不下去」時該做些什麼。聽起來好像很了不起，其實我所做的只是「停下來，回頭檢視」而已，不是什麼了不起的事。

卡住的時候，只要回頭重讀一遍就好。

就是這麼簡單。或許各位聽了會有點傻眼，可是，我認為這是很重要的事。也可以說，就因為這事太理所當然了，多數人在不知不覺中忘了可以這麼做。

試著回頭重讀一遍，能讓自己重新站回起點，答案必然水落石出。「一開始下筆寫的時候，內心感受到的是什麼」、「原本打算寫什麼」，透過回頭重讀，這些都可以順利回想起來。

當時我體驗到的，是如同撥開眼前迷霧，豁然開朗的感覺。以結果來說，也找到了「接下來該寫什麼」的答案。因為這過程實在太痛快，我便在無意間養成了**一旦寫不下去，就停下來「回頭重讀一遍」的習慣**。慢慢地，我更在下意識中理解到這就是寫作文的訣竅。

因此，真要說的話，當時的我算是比較擅長寫作的小孩。至少在升上小學四年級之前都是如此。

然而，就在我升上四年級後，面前出現了一大堵牆。很抱歉忽然提起這麼沉重的話題，總之當時，我騎腳踏車出了嚴重車禍，頭部撞擊柏油路面，當場失去了幾分鐘的意識。事後我才聽說，自己因為腦挫傷的關係昏迷了二十天，醫生甚至告訴我父母「百分之九十九點九救不回來了」，幾乎跟死過一次沒兩樣。

幸運的是，我奇蹟般獲救了。老實說，痛苦的事在那之後才開始。「頭部遭到撞擊」這無可否認的事實，成為我活下去的一大阻礙。最教人難受的，是原本把我當普通人往來的朋友及他們的父母、鄰居等周遭的人，看我的視線和面對我時的態度大大改變。

比方說，因為車禍的後遺症，我的走路方式變得有點奇怪（到現在都還沒完全治好）。就算我只是走個路，也會聽到有人說「都是那場車禍害的……」（毫不誇張，這是真的，而且是家常便飯），不少人把我視為「有問題的人」，動不動就說「那次車禍……」，我不想沉浸在自我憐憫中，但對十歲的孩子而言，這些都不是能輕易克服的事。

回過神來，「我不管做什麼都不行」的自我否定感已經明顯高漲了。

為了休養，半年沒去學校，功課自然跟不上大家。再加上「反正我就是不行」的心情愈來愈膨脹，我再也提不起「要想辦法挽回」的意願。

如此一來，不只學業成績一路下滑，連原本擅長的作文也不再積極去寫。儘管過去培養的閱讀習慣還在，但徹底喪失自信的我完全無法再寫作文。愈來愈沒自信，本來稱得上「喜歡」的作文，搖身一變為「不擅長」、「討厭」的東西。

不過三年後，狀況又好轉起來。

那個人的一句話，使我脫離「寫不出」的泥淖

改變在我國一時來臨。

那天，老師發還我們之前交的作文，我的稿紙上用紅筆批著這麼一行字：

「中規中矩，有頭有尾。」

就是這樣而已。不是「非常出色！」也不是「令人深受感動」之類的評語，只有這麼一句簡單的感想。換句話說，這是一句冷靜的評價，表示我寫的文章「沒有好到需要誇張地稱讚」。可是，在那之前，這位國語老師從來沒稱讚過我的文章。

然而這次他認同了我的文章，說這篇文章「中規中矩」、「有頭有尾」。向來神經大條的我，把這解釋為「或許不算非常出色，但老師也不得不承認我把文章寫得中規中矩，有頭有尾」。一股「我辦到了！」的心情油然而生（下意識的正向思考）。

雖說只是拜我這單純的個性所賜，只要這麼一想，心情瞬間豁然開朗。「自己

不擅長寫文章」的既定觀念逐漸消失，我就這麼擺脫了「寫不出來」的泥淖。從此之後，寫文章漸漸成為一件「能夠獲得認同的開心事」。

只不過，一切也並未就此解決。儘管我開始對寫文章這件事重拾信心，根深蒂固的「自我否定感」依然沒有消失。這也是理所當然的吧，畢竟我**不是「因為寫不出來才自我否定」，而是「否定自我之後才寫不出來」**的。

家父是一位編輯，車禍受傷前，年幼的我懵懂懷抱「將來想跟爸爸做一樣工作」的夢想。但是，車禍重傷使我以為這個夢想再也無法實現了。「頭部受傷、學業落後的我，哪有能力從事出書、寫文章這種需要高度技能的工作」，這樣的想法深深根植我心。

現在的我當然知道當時想太多，但所謂自卑感，本來就常來自過剩的情感。因此，出社會之後，我勉強自己封印「想成為編輯」、「想寫東西」的念頭，盡是做一些插畫、設計等和寫作無關的工作。

即使如此，曾幾何時，我竟開始寫起了廣告文案，人生真是不可思議。就這樣，喜歡音樂的我想寫關於音樂的文章，「想成為樂評人」的念頭愈來愈強烈。

可是，又不知道該怎麼做，就去問認識的編輯。對方給我的回答是「（想成為樂評人的第一步就是）投稿啊！」

知道方法後，接下來就簡單了，反正我每次買唱片或ＣＤ時，本來就會寫下感想和評論。於是，我找了八本音樂雜誌，直接把自己寫的評論文章寄去投稿。就在這時，得到很大的收穫。

寄出原稿後，我實在太想知道對方的反應了，整天坐立不安，便打電話到其中幾個編輯部，詢問「覺得我的文章如何？」尋求對方的感想。這時，某位編輯給了我非常受用的反饋。當我問「請問您看過我的稿子了嗎？」對方回答「嗯，看了啊」，接著這麼說：

「我覺得不錯，但是，你**要不要試著再寫得更有自信一點？**總覺得你的文章小心翼翼，給人一種『我真的可以寫這些嗎……？』的膽怯感。其實**每個人的想法本**

來就不一樣，接受方式也各自不同。你就別害怕，放膽去寫吧。這樣應該會寫得更好喔。」

完全被他說中了。雖說喜歡寫文章也喜歡音樂，但「什麼都不是」的我，心中對寫作這件事仍存在著難以言喻的不安及恐懼。所以，我很感激那位編輯指出這一點，如果沒有他當時的這番話，就沒有現在的我。這就是「前言」中提到的三十一歲那年的轉機。

就這樣，內心的糾結消失，包括那本雜誌在內，有好幾個媒體陸續委託我寫樂評，我的樂評人之路就此上了軌道。跟現在不一樣，當年市面上還有不少音樂雜誌，我專精的嘻哈及節奏藍調則很少人寫。所以，也可以說我投入的正是時候吧。

順帶一提，前面提到認識的編輯教我「投稿」，說得好像這是很常見的方式，等我正式踏入這一行，才發現根本沒有人靠投稿成為撰稿人，現在回想起來還挺好笑的。

「用真摯的態度寫作」為自己撐過難關

後來，我開始在那位給我建議的編輯隸屬的音樂雜誌做起編輯工作。辭職之後，又以自由撰稿人的身分獨立。接下來的一段時間，我除了為音樂雜誌寫稿，也撰寫音樂導覽書。隨著時間的經過，慢慢從音樂專門雜誌轉換跑道，為一般雜誌撰稿。不只音樂業界，想朝更廣泛領域前進的心情愈來愈強烈。

令人慶幸的是，我在當時的嘻哈／節奏藍調領域已獲得不小的知名度。這實在是一件值得感恩的事。

比方說，當時我撰寫的一本節奏藍調導覽書在出版後，賣了一萬五千本。當然，那個時代景氣比較好也是不爭的事實。不過，整體來說，那時市面上的音樂導覽書「頂多賣五千本就算暢銷」。這麼說起來，賣了一萬五千本真的是非常幸運的事。常有人問：「書這麼暢銷，你應該賺不少版稅吧？」只可惜當年簽的不是版稅合約，而是直接賣斷版權，根本沒有賺到多少錢。

不管怎麼說，像這樣默默累積了一段時間的經驗，自己內心的想法也有了改變。我心想「不只是那一萬五千個節奏藍調樂迷，也希望能將文章傳遞給包括一般民眾在內的一萬五千個人」。這絕對不代表我輕視買下那本音樂導覽書的一萬五千位讀者，也不代表我藐視音樂業界。只是，既然要做一個寫作的人，就希望能讓更多人看見自己的文章，這樣的心情愈來愈強烈。

因此，我去向幾間大型出版社毛遂自薦，幸運的是，其中幾本雜誌決定請我撰稿。那之後好幾年的時間，我主要在以富裕階層為目標族群的生活風格雜誌上寫稿。最令我心存感激的是，那時雜誌給我許多工作機會，稿費又高，比起同業，我的收入應該算是很好的了。

沒想到，這樣的狀況在二〇〇八年的金融海嘯後為之一變。發稿給我的雜誌接二連三休刊，我的工作以極快的速度減少，狀況惡劣到了一個極點，反而讓人想苦笑問「這是在開玩笑吧？」，就像搭上故障的雲霄飛車，收入一路下滑。

無可奈何之下，我上網找撰稿的工作，也試著接了幾個來做。那時正好是網路上到處都有可疑商機的時代。很常看到「一字一日圓」等招募訊息，年輕的接洽窗口說，「目的是為了搜尋引擎的最佳化啦，只要在文章裡加入容易被搜尋到的關鍵字，文章內容隨便寫什麼都無所謂」，身為寫作的人，當時真覺得自尊碎了一地。

說起來，我這個人向來樂觀。就像前面提過的，或許因為少年時代曾與自我否定感有過一番搏鬥，又或者天生神經就比較大條。可是，就連這樣的我，在必須養家活口卻又沒有工作的狀況下，還是有種走投無路的感覺。

只是，即使在這種時候，唯有一件事我從來沒有放棄過。那就是，無論心情多麼焦慮著急，**只要接得到工作，不管工作內容是什麼，都會用真摯的態度完成**。看我這樣寫好像很瀟灑，其實不是的。我絕對不是處世靈活的人，只是除了活得「真摯」之外，別無選擇罷了。但是，以結果來說，我也深切感受到，**「只要秉持真摯的態度去做，就能獲得回應」**。

認真面對讀者，「寫作」就會轉變為喜悅

「要不要試著寫職場實用書的書評？」

二〇一二年夏天，「Lifehacker（日本版）」網站（以下簡稱Lifehacker）當時的總編這麼對我說。事實上，我和他早有多年交情。我在做音樂導覽書的時候，曾請還是大學生的他做我的助理，我們的交流就從那時展開。後來他出了社會，時不時地委託我撰稿，當上Lifehacker總編後，又來問我要不要寫書評。

那正是我非常需要工作的時期，所以真的很感激他找上我，當然也二話不說地答應接下工作。

問題是，無法否認眼前有一個門檻必須跨越的事實。

簡單來說，當時的我幾乎沒讀過職場實用書。沒錯，我熱愛看書，也一直保持著閱讀習慣，隨時隨地都在看書。可是，我有興趣的多半是文學或紀實書籍。在我

過去的想法中，職場實用書的讀者應該是任職企業、在公司上班的人，和自由接案的我沒太大關係。

換言之，我雖然累積了多年撰稿人的經驗，關於職場實用書卻是什麼都不懂的白紙狀態。不過，現在回頭想想，這反而是一件好事。比起帶著對職場實用書一知半解的知識，從未讀過職場實用書的我，更能從客觀的角度思考閱讀這類書籍的人與事。

此外，在這個階段正視職場實用書，也成為我思考本書主題的原點。換句話說，我從那時開始思考**「如何把想說的內容傳遞給讀者」**。

關於「為了寫作，我嘗試過哪些過程」，會在第一章之後提及。先說結論，我寫的書評幸運地引起了許多人共鳴。那時甚至出現一個現象，只要我為哪本書寫書評，那本書在Amazon網站上的銷售排名就會急速上升。好幾次有不認識的出版社編輯聯絡我、向我道謝。不過，最驚訝的人，大概是我自己。

所以，當人家跟我說「謝謝」時，我反而想跟對方道謝呢。無論哪本書銷量增加，我的收入也不會因此增多，但是，對我來說，有一件事比這更重要。那就是——我寫的書評確實「打動」了某個人的心。對我來說，這才是更重要的事。

正因這麼熬過了最痛苦的時期，到現在我都告訴自己，「**真摯誠實**」的態度，是做這份工作時絕對不能忘記的事。在談論寫作技巧之前，真摯誠實的態度才是寫作的原點。同樣的，今後準備開始寫作的人也是如此。當然，最低限度的寫作技巧還是必須要有，但是，**不真摯誠實的文章絕對無法打動人心**。這是因為，即使文章裡看不到，讀者一定能接收寫作者的「心情」。

更進一步說，**其實讀者都有能力看穿寫作者的態度和想法**。只要寫作的人有那麼一點「寫這種程度的東西就行了」的敷衍念頭，讀者輕易就會察覺。

好的，開場白好像說得太長了。從下一章開始，我將具體說明在「寫作」這件事上，「我能與各位分享什麼」。

序章總結

❶ 寫不下去的時候，試著回頭重讀一次已經寫好的部分。

❷ 不要否定寫不出來的自己。只要認同寫不出來的自己，就會自然湧現想寫的意願。

❸ 即使失去自信，只要下定「帶著自信寫下去」的決心，光是這樣就會有進步。

❹ 只要真摯誠實地面對寫作這件事，寫出來的文章一定能打動讀者的心。

其實大家都對寫作沒自信，更何況是從現在開始想認真投入寫作的人，一定會更緊張或沒信心吧。我也一樣，有時有自信，有時沒自信。可是，就算像這樣帶著不確定的心情也無妨，持續寫下去，慢慢就會產生自信。最重要的是，要用真摯誠實的態度去寫。

第1章

開始寫作之前該知道的事

不擅長寫作的人有三個「做不到」

❶認定自己「寫不出來」

首先，我想指出的是，認為自己不擅長寫作的人有三個共通點。如果你發現自己符合這幾點的話，請趁此機會改變想法。我想，之後一定能激發更多潛能。

「我不擅長寫文章！」

「就算想寫也寫不出來……」

過去，我不知道聽過多少人這麼說。這也表示，因為寫不出來而苦惱的人就是有這麼多吧。

這些人有個共通點——**還沒開始寫，就認定自己「不擅長寫作」、「寫不出來」**。這麼一想，當然會提不起勁來寫。

可是，真的是像自己想的這樣嗎？說不定，「寫不出來」只是自己的誤解呢？因為，只要仔細思考，就會發現自己不可能寫不出來。關於這一點，讓我們試著把「寫作」換成「講話」來思考。

還在牙牙學語的幼兒階段，從來沒有人會如撞牆般認為自己「講不出來」吧？我們都是非常自然地使用當下懂得的詞彙說話，這麼一步一步學會對話的方法。不只日本，無論世界上哪個國家，人人都在各自的生活環境中無意識地學會了說話表達的能力。

換句話說，寫作也一樣。就像不刻意想太多也會說話一樣，基本上，不用想什麼「好，我現在要來寫了！」，無須緊張，你一定也寫得出來。

最好的證據，就是當我們剛學會文字詞彙時，寫文章純粹是一件快樂的事，不是嗎？那時的我們恐怕對自己會寫作這件事未曾抱持任何懷疑，自然而然寫下了字句。或許那是幼稚得還稱不上是文章的東西，但一點一滴經歷這樣的過程後，我們也就習慣寫作這件事了。**寫作這件事和會話一樣，只是生活習慣之一，不可能有人不會寫。**

然而，現在卻有那麼多人苦惱「寫不出來」。這是因為我們在成長過程中長了智慧，變得和憑感覺而活的兒童時代不一樣，開始會想各種不必要的事，不知不覺陷入「寫不出來的感覺」之中了。

因此，最好不要想太多。其次，就是要拋棄「我寫不出來」的執著。你只是陷入「寫不出來的感覺」，不是真的寫不出來。

沒錯。**每個人「其實都寫得出來」，首先請從堅信這點開始吧。**

❷「不習慣寫」＝「討厭」寫

不管怎麼說，當想做的事不如預期中順利時，自然會產生否定的心情。當然，寫文章這件事也一樣。不過，這麼做其實無法解決什麼，更何況一旦認定自己「不會寫」，想再回到「會寫的自己」可就沒那麼容易了。

這時，請大家先質疑自己「說不定我只是擅自認定自己不會寫而已？」，試著想想「為什麼寫不出來」吧。**也就是說，要去找出「寫不出來的原因」**。只要知道原因，就能進一步思考「怎麼做才能脫離寫不出來的困境」。說不定會出乎意料地發現「困擾自己的，只是單純的小事」。

在說自己不會寫文章的人之中，似乎有不少人認為「我本來就沒有寫東西的習慣」或「我又不是職業作家，不習慣寫東西」（過去我就遇過幾個這樣的人）。可是，這想法是錯的。事實上，大家都有寫東西的習慣，只是自己沒察覺而已。文章也不是只有職業作家才寫得出來的東西。

最簡單明瞭的例子，就是社群網站上的貼文。如果你會把日常生活的感受或想法寫在社群網站上，這就已經稱得上是「寫作的習慣」了。即使貼文可能以照片或影片為主，但總會配上諸如「今天去了〇〇！」或「在△△吃的披薩最美味！和一起去吃的□□聊天也非常有趣！」等簡單的說明吧。即使簡單，這已是貨真價實的文字。

表達心情或想法的一兩句話，不必是職業作家也絕對寫得出來。反過來說，要是拜託職業作家寫這些東西，才真的會變成無聊的文章。因為委託人真正的心情只有委託人自己才知道，所以「幫忙寫社群網站的貼文」不會成為一種工作。

無論社群網站也好，日常生活中的簡單筆記也好，許多人平常早有寫東西的習慣，只是自己沒發現而已。正因如此，最好不要一心認定自己「寫不出來」或「不習慣寫東西」。抱持這種想法不但無法創造任何事物，更只會縮減自己的潛能。

❸把寫作這件事想得太難

寫作能力不是上天賦予少數人的才能，而是誰都做得到的事。當然，有「文章寫得好」的人，也有「文章寫得不太好」的人。不用懷疑，兩者之間也一定會出現優劣落差。只不過，絕對沒有「寫得不好的人就不能寫」這種事，這就是寫作有趣的地方。

如果寫得不好，原因之一可能是前面也提過的「**沒有寫作習慣**」。換句話說，為寫不出來而苦惱的人當中，有一定比例的人認定自己「不會寫」、「不擅長寫」或「沒有寫作的才華」，導致（大概是出於下意識地）逃避「養成寫作習慣」這件事。這樣的話，當然培養不出良好的寫作能力。

就跟游泳一樣，不練習的話，永遠都不可能會游泳。由旱鴨子的我來說這種話最有說服力了（這是題外話）。

可是，只要養成游泳的習慣，游泳這件事或多或少都會變得愈來愈輕鬆。就像每天把吉他拿起來撥弄兩下，慢慢也會摸索出彈吉他的訣竅一樣。

養成每天寫點什麼的習慣，寫作能力必然能夠有所提昇。反過來說，從來不去養成寫作習慣，只是一味說自己「不會寫」，不管過多久都寫不出來，這不也是天經地義的事嗎？

總而言之，重要的是別把寫作想得太難。這是基本中的基本。就算現在真的寫不出來，也不至於要了誰的命。不管怎麼說，只要有一點點想寫的心情，先培養起寫作習慣就好。

當然，即使養成寫作習慣，並不代表馬上就能看到成果。所以，我絕對不會做出「持續寫一個月，一定能寫出好文章」的保證（有些書會這麼宣稱，這種標榜速成的說法最好別太相信）。

然而，只要持續練習下去，總有一天，「寫作是一件愉悅的事」的感覺，一定會在某個瞬間降臨。唯有這點我可以掛保證。而那並非終點，只是寫作這趟旅程中，半途經過的一個地點。在這個地點感受寫作的愉悅，讓自己願意繼續寫下去，這才是最重要的事。

會在社群網站或部落格發表文章，就會寫作

沒有「非寫不可」的義務感，自然而然就寫得出來

寫不出來的原因之一，來自「提不起勁寫」的問題。那麼，為什麼會提不勁寫呢？

我猜，大多數時候是因為，自己在心裡把「寫作」這件事視為義務了吧。這麼一來，也難怪提不起勁寫。這種時候，請不要把寫作視為義務或功課，只要當成一種樂趣就好。若是能在寫作這件事裡找出某種樂趣，這份樂趣將轉化為強烈的「寫作意願」，發揮作用。

對於自己感興趣的事，常會「想寫」在社群網站或部落格上吧。不用講什麼大道理，因為那單純就是一件有趣、開心的事。與「義務」呈現對比，根源之處有著「想寫出來」的純粹欲望。所以非寫出來不可，而且迫不及待想寫。

聽起來好像某種禪問答。總之我想說的是，**「提不起勁寫」的時候，只要把自己的心情轉向思考「想寫的事」就行了。**

「可是寫工作上的文件資料時，怎麼可能產生和在社群網站寫自己喜歡的事物時相同的心情？工作未必都是喜歡的事，和社群網站上的純粹樂趣不一樣。」

說得沒錯，確實如此。可是，既然這樣的話，何不把「為工作而寫」的東西也視為一種樂趣呢？或許還是會有人說「那不可能」，但這絕對不是難事。**只要改變對事物的接收方式、感受方式和思考模式就好。**

仔細觀察那份工作，裡面應該至少能找到一個「有趣的地方」。無論寫的是企劃書或廣告文案都一樣。

改變對事物的接收方式，把寫作轉變為樂趣的**重點，就是找出「想傳達什麼」**。苦惱於寫不出來時，原因往往是不知道自己「想傳達什麼」。會在社群網站上貼文，就代表有什麼想透過文章傳達給他人，或想在上面分享自己覺得有趣的事。工作上非寫不可的文章寫不出來，或許也是因為很難從中找到自己想傳達的東西吧。面對工作時的心不甘情不願，也只會讓自己陷入負面情緒中。

這時，若想讓自己擁有「開心、享受」的心情，不妨試著找出「想傳達的事」。

找到這個之後，下一步該做的就是「回推」，也就是從最後想抵達的終點回溯思考。這麼一來，應該就看得清自己「該怎麼寫才好」了。

舉例來說，過程可以是下面這樣：

❶試著想像讀者說「嗯，好像不錯嘛？」的滿意表情。

❷具體思考「是什麼取悅了讀者？」

❸更進一步具體思考「為什麼讀者會喜歡這個？」

反覆這樣的步驟，最後腦中就會浮現一個「從哪裡開始，怎樣開始，往哪裡前進，如何前進」的簡略設計圖。一旦達到這個境界，剩下的只要把設計圖落實為文章即可。

或許無法馬上寫出自己能認可的東西，那也沒關係，只要多寫幾次就好。千萬不能嫌麻煩喔，因為重寫愈多次，就愈能去蕪存菁，提高文章的品質。腦中只要一直想著這件事就好。

不先經歷這個過程，劈頭就要自己去寫，當然會覺得很痛苦。**但是，只要從終點回推，就能享受抵達終點的過程了。**

不可能一開始就寫得出「精彩的文章」

說得極端一點，只要看得見「想傳達的事」，幾乎就等於完成了寫作這件事。

既然已經看到該去的終點，剩下的只有朝那裡前進。因此，即使籠統也好，只要看得見「想寫的主題」或「想傳達的事」，這就是終點，請立刻執筆開始寫吧。

關於寫作技巧，後面會再提及。目前這個階段，比起追求文章品質，更重要的是「總之先開始寫」的行動力。因為一如前面說過的，我們很容易連寫都還沒開始寫，卻一直想著「該怎麼寫才好？」、「這麼寫別人會怎麼想？」之類不必要的事。愈沒有自信的人，這種傾向愈明顯。一旦開始在意這些事，就會永遠也沒辦法開始寫了。

這樣說或許不太好聽，只是無論如何，**一開始就想寫出很棒的文章是不可能的事。**這不是能力或經驗的問題，只能說「就是這麼回事」，每個人都一樣。證據就是，連每天持續書寫的我，也總是在煩惱「這樣寫就可以了嗎」。話雖如此，經驗還是讓我明白了某些事。比方說——**再怎麼煩惱也該持續寫。**

就是要抱著「反正不可能一開始就寫出理想文章」的豁達態度。既然怎樣都不可能寫得出來，不如先寫再說吧。寫下之後再回頭重讀，如果有覺得奇怪或不喜歡的地方，再加以修改，像這樣反覆爬梳、精修文章。

我認為這過程很像玩拼圖或堆積木。這麼想不但覺得很好玩，文章愈是經過爬梳精修，愈接近自己的理想，這單純是一件有趣的事，令人心情雀躍。不斷反覆這樣的程序，一定能得到自己也認可的文章。

看我這麼寫，或許有人會覺得麻煩。然而實際上，做這些事花不了多少時間。而且，漸漸習慣之後，文章的完成度會愈來愈高，愈來愈不需要精修。明明以為「不可能從一開始就寫出理想的文章」，回頭重讀時卻發現自己「寫得還不錯嘛」。這樣的現象愈來愈常發生，這就是所謂的「習慣」。

沒錯，**最重要的就是習慣寫作**。光是坐在那裡想，覺得這麼寫也不對、那麼寫也不對，將永遠也無法習慣寫作這件事。汽車要跑起來，總得先發動引擎吧。連引擎都不發動，只會坐在駕駛座上思考「這輛車真的跑得動嗎？」、「要怎麼加速？」，想再久車子也動不起來。

同樣的道理。**為了習慣寫作，只能像發動引擎一樣開始寫，除此之外別無他法。**沒問題的，**只要開始寫，剩下的問題都好解決。**

確定「想傳達的事」之後，不管怎樣，先寫就對了

想太多不必要的事……

不管怎樣，先寫就對了……

寫不出來。

習慣了寫作這件事。

起跑之後，就把注意力放在終點吧

只要能下定「來寫文章吧」的決心，就等於站在起跑點上，能夠開始寫，也就是起跑了。可是，不習慣寫作的人，這時可能又會產生困惑。

「起跑是起跑了，我該跑向哪裡才好？」

答案很簡單，那就是——**把注意力放在終點**。

一如前面提過的，只要你有「想傳達給大家的事」，那就是你的終點。為什麼這麼說呢，因為你從那裡找到了寫作的理由。所以，只要一鼓作氣，以遙遠的終點為目標往前跑就好。這裡的**一鼓作氣很重要**。

雖說一鼓作氣很重要，但和「倉促發車」可是完全不一樣的意思。「倉促發車」指的是在什麼都看不到的狀態下前進，「雖然不知道會變成怎樣，總之先往前開出去看看，說不定開一開就知道終點在哪了」，可以說是有點輕率的舉動。

我想說的是，只要把注意力放在想到達的終點，從那裡往回推，找出該如何前進（該如何寫作）的方法，接著再開始寫就好。

話雖如此，還是會猶豫文章該如何往下寫吧。以一個故事的架構來說，大致上不出以下四個步驟。請跟著例句一起確認吧。

①提出問題＝提出該解決的問題（相當於起承轉合的「起」）

（例）仔細想想，我一直想吃拉麵。或許是因為太忙的關係，自己沒怎麼察覺這件事。可是，剛才肚子一餓，再次提醒了我想吃拉麵的事實。

②指出發生的事或採取的行動（相當於起承轉合的「承」）

（例）於是，我決定前往這幾年常去吃的「〇〇〇」拉麵店。雖然得搭二十分鐘左右的電車，但那間店的湯頭就是值得花上這麼多時間。

③加入臨時發生的事或意想不到的發展（相當於起承轉合的「轉」）

（例）沒想到，抵達麵店一看，外頭已是大排長龍。排著排著，還差幾個人就輪到我時，熟面孔的老闆出來說「非常抱歉，今天湯頭用光了」。被他這麼一說反而更想吃，可是既然已經沒了也沒辦法。

④結論＝總結最終想表達的事（相當於起承轉合的「合」）

（例）隔天重新挑戰了一次。這次不須等待就能入店了。老闆還記得昨天的事，對我說「昨天真是不好意思」，招待了一顆溏心滷蛋。幸好我沒放棄，感覺像是賺到了，拉麵吃起來也比平常好吃。等待果然值得。

大概就像這樣。如果遇到無法從①順利前進的狀況，就試著從「最後想抵達的目的地」，也就是「④結論」開始想。**只要能看見終點，剩下的，只要思考如何往終點前進就好**。換句話說，就是去思考前往④的最佳途徑（＝過程）。

這麼一來，腦中就會浮現「想吃拉麵，特地搭了電車去吃卻沒吃成，但以結果④來說，最後還是吃到了」的過程。只要清楚終點是什麼，就能確實完成一篇文章。

寫作必備的是「毫無根據的自信」

請容我稍微聊聊自己的過去。因為不是什麼了不起的事，說來還有點丟臉，但或許能為各位帶來一點啟發。

我在二十五歲前，都以當上插畫家為目標。雖然也曾經歷狀況還不錯的時期，最終依然因為畫不出來而放棄了。為什麼畫不出來呢，原因也沒別的，就是沒有自信。

因為從來沒好好學過素描，只憑一股衝勁和運氣，就懵懂地踏入插畫的領域，每次遇到小小的阻礙，我都會沮喪心想「都怪自己沒打好基礎……」，到最後，抵擋不了這樣的自卑感，只得放棄成為插畫家的夢想。或者應該說，也只有放棄這條路可走。

當時真的很難受呢，我打從心底認為「說不定自己已經用盡所有天賦潛能了」。

這是人在青年時期常有的事，其實也可以想成是那個時期一定會撞上的一堵牆吧。只是，現在回想起來，不得不承認當年的我陷入了相當負面的思考。素描等作畫基礎當然是有比沒有好，但是事實上，沒有什麼「基礎不好就不行」的事。無論有沒有基礎，只要具備「想傳達什麼」的力量，畫出的畫必定能打動看到的人的心。

然而，當時太在意基礎的我，沒有餘力思考這麼多，愈畫愈覺得像是踩入泥淖之中。看到自己完成的畫，絕望地想「這種東西怎麼可能打動人心……」，雖然已經是超過三十年前的事，到現在回想起來感覺還是很差。

為何我要供出自己這段黑歷史呢？因為寫文章也跟這一模一樣。

序章提到曾有編輯指出我「文字寫得很膽怯」，就像這樣，寫作者的「沒有自信」，一定會透過文字被讀者發現。無論**畫畫也好，寫文章也好，所有創作都會以**

某種形式暴露出創作者的內心。

另一件希望大家記住的是，**技巧的好壞，到最後都不是問題**。有寫作技巧非常好，一讀之下卻發現很無聊的文章，也有寫作技巧雖然很差，讀了之後卻深受感動的文章。

同樣的道理，能不能畫出有感染力的畫也和作畫技巧無關，內在才是作品好壞的決定性關鍵。

正因如此，**就算勉強，寫作的人最好也要抱持自信**。只不過，這裡說的自信不等於「傲慢」。

如果有人指出你寫的文章「這邊不太好」，請不要發怒或與對方針鋒相對，應該真摯地接受對方的意見。同時，用這些意見促進自己成長。「那傢伙根本不懂我的文章」更是絕對不能有的想法。

或許有人會問，這樣跟「抱持自信」豈不是互相矛盾了嗎？不、不是這樣的。

當別人指出「這裡不好」時，必須要懂得接受（要不要修正另當別論）。那只是關於文字本身的指正，並不等於否定你寫的內容。

「這樣啊，或許對方指摘的沒錯。這部分再好好想想吧。不過，如果能從中學到什麼，下次我一定能寫出更好的文章」，是以這樣的自信。以長遠的眼光來看，這會成為更堅定的自信心，最後，寫文章的能力也會慢慢提昇。

用成為「很棒的人」、「厲害的人」的心情來寫作

這是我個人向來的論調，我認為，**想成為一個「會寫文章的人」，絕對必須先認為自己寫的文章「很棒、很酷」**。當然，想達到這個境界，某種程度一定要先習慣寫文章。連寫都還沒寫，應該沒辦法滿懷自信認為「我寫的文章好極了！」吧（如果連寫都還沒寫就抱持這種毫無根據的自信，那也是滿危險的）。

認為自己寫的文章「很棒、很酷」，跟前面提到的「抱持自信」或許可以說是同一種心情。當你能認為「自己寫的這篇文章真棒」，這毫無疑問就是自信了。要達到這一步，必須能**肯定寫文章時的自己**。肯定自己，就會提高寫作意願，文章也會愈寫愈精準。

那麼，要怎麼做才會認為自己寫的文章很好，進而肯定寫文章的自己呢？

舉例來說，我一九九四年剛出道成為樂評時，總是一邊聽音樂，身體下意識打著節拍，一邊敲（當時還沒有家用電腦，用的是文字處理機）鍵盤。雖然沒有發出聲音或跟著唱歌，整個人可說是乘著樂曲，沉浸在音樂中寫下了文章。簡單來說，寫文章的當下，情緒處於高漲興奮的狀態。

或許因為這樣，寫好文章後重頭看一次，總會覺得自己寫得「真酷！」。關於節奏感的重要性，後面會再次詳細說明，簡單來說，當時我是在自己也沒有察覺的狀況下，創造了屬於自己寫作時的節奏感，並且感覺這樣很帥、很酷。老實說這就是自我滿足，但**有時候，自我滿足也很重要**。不過，沒必要去跟別人強調「我寫的文章很酷！」就是了。

也因為有過這樣的體驗（要不是為了寫這本書，這話說起來實在太羞恥，我幾乎從來沒公開說過），到現在我仍覺得自己寫的文章很棒、很酷。儘管對外表有強烈自覺，知道自己長得一點也不帥，唯獨關於文章，我認為這樣給予自己肯定也無妨，每天都抱著這種心情寫作。還有，重讀文章時，如果覺得不夠好，不管幾次都會重寫。

順帶一提，就算當下認為自己寫的文章「真棒！」，將來也有很大機率覺得這篇文章寫得真差而感到丟臉。「欸！怎麼會這樣，我竟然曾經以為這篇文章寫得很好，不敢相信！現在回頭重讀只覺得好丟臉！」大概會像這樣。

明明寫的時候「覺得自己的文章很棒、很酷」，這不是很奇怪嗎？可是，現在覺得「很棒」的文章，將來變得「很遜」也沒關係。因為，這就證明了你有所成長。

因為寫作的當下抱持自信，自然會認為寫出來的文章「很棒」。關於這點，請對自己要有信心。**將來再次讀到這篇文章時，如果感到「丟臉」，那就代表自己有所成長，寫作功力進步了。**

如果把寫文章的能力分成一到十的十個等級，假設以前覺得某篇文章「很棒」，那篇文章的等級差不多是四或五好了。隨著時間的經過，後來再讀同一篇文章，卻產生「這篇文章寫得真差，好丟臉」的感覺時，就表示自己的寫作能力等級已經比四或五更高，可能進步到六或七了。所以，你才會為「能力只有四或五時」寫出來的文章感到難為情。正因能力已經成長，所以覺得丟臉。

現在覺得很棒、很酷的文章，將來哪天也可能變得很遜、很丟臉。可是，這就是成長的證據。經歷這樣的成長過程，感覺自己「或許比以前進步了一些」，這樣的念頭又將成為新的寫作動力，促使自己寫出下一篇「優秀的文章」。

對了，剛才把寫文章的能力分成十個階段只是為了方便，實際上，寫作能力不會到十就停止成長。只要持續不斷地寫作，能力一定會不斷成長進步。

即使如此還是提不起勁寫時的三個步驟

❶ DROP：把想到的單字隨手寫下

寫不出來的原因之一，經常是「思考統整不起來」。腦中有很多想法，但若沒有經過統整，就無法順利化為文章。

這時，我建議使用「DROP」的方法。DROP有「丟下」的意思，**簡單來說，就是把想到的單字詞彙都丟到紙上，亦即隨手寫下**。

只要把單字都往紙上丟就好，完全不用考慮順序。應該說，這個階段更該避免

有條有理，只要漫無目的地把想到的東西寫下就好。

一九二〇年代的「超現實主義運動」中，有一種名為「Automatisme」（自動創作）的表現方式，做法或許和這很像。只是對寫文章的我們來說，這麼做不是為了藝術創作，充其量只是透過這個方法，「整理腦中紛亂的思緒」。

不管怎麼說，只要**把想到的詞彙「DROP」在紙上，想寫的文章似乎就能浮現輪廓**。

❷ EDIT：把詞彙與詞彙連起來

大家應該都知道「EDIT」就是「編輯」的意思。在Club Music的世界裡也經常使用這個詞彙，說得簡單一點，就是「**組合手邊現有素材**」的意思。另外，這裡的EDIT還有一個意思，就是俯瞰丟在紙上的詞彙，改變排列順序，試著思考「把哪個字和哪個字組合起來，可以寫出最棒（最易懂、最容易傳達出去）的文章」。

舉例來說，假設在紙上丟下「杯子」和「咖啡」兩個詞彙。憑感覺編輯這兩個詞彙，能創造出以下不同意思的文章。

- 買了一個很有設計感的杯子，趕快來沖杯咖啡喝。
- 茶杯不適合用來喝咖啡，我們去買咖啡杯吧。

- 喝咖啡的時候換個杯子裝，感覺喝起來味道都不同了。明明用的是一樣的咖啡豆。
- 忘了泡好的咖啡，結果涼掉了。用微波爐加熱來喝，味道都變了，真後悔。
- 買了相同設計不同顏色的三個杯子。早上喝咖啡時，配合當天的心情從中挑一個來用。

就像這樣，即使只有「杯子」和「咖啡」兩個詞彙，也能用不同的「EDIT」寫出無限多的文章。

❸ REMIX：與「想寫的事」融合

和EDIT一樣，「REMIX」也是Club Music的用語，有「重新融合」、「再次組織」的意思。因為和EDIT很像，或許有人會產生「哪裡不一樣？」的疑問。

基本上，**EDIT是「編排或調換原有的素材順序，做成一個『不一樣的東西』」，REMIX則是「在原有的素材上加入新的樂器，或加入其他『原本沒有』的要素，製造＝重新打造出和EDIT相比，感覺『更不一樣』的音色」**。

換句話說，寫作上的「REMIX」，就是一邊編輯原本丟在紙上的詞彙，一邊加入「**這裡原本沒有，現在突然想到的詞彙**」，思考「**說不定能成為不同類型的文章？**」，就像這樣，寫作上的「REMIX」指的是**加入新的東西**。

在前項「EDIT」中，只用「杯子」和「咖啡」編輯出文章，這時如果加入新的要素會如何呢……

●原本一直拿來喝咖啡用的杯子缺了個口，決定拿來當筆筒。因為很喜歡，也不想就這樣丟掉，就讓這個杯子今後踏上新的人生吧。

●不經意地拿了很久以前用過的杯子來喝牛奶，結果，忽然想起以前常聽的DJ KENSEI & SAGARAXX的「COFFEE & CIGARETTES BAND」。明明喝的是牛奶啊。

就像這樣，腦中不斷有各種情境出現。這三個步驟，可說是日常生活中訓練寫作非常有效的方法。

第1章 總結

❶「寫不出來」的想法是後天形成的，別忘了，其實「寫得出來是天經地義的事」。

❷ 寫不出來的原因之一是沒有養成寫作習慣。

❸ 試著問自己，該怎麼做才能激起寫作的意願。

❹ 只要決定好「想傳達的事」，幾乎就等於完成寫作了。決定終點就是這麼重要。

❺ 跟技巧好壞無關。一邊肯定自己一邊寫，才能引起讀者的共鳴。

❻ 對過去寫的文章感到「羞恥」時，證明自己已有所成長。

❼ 想激發寫作意願時，建議試試「DROP」、「EDIT」、「REMIX」三步驟。

認為寫作很難一定有其原因。若不去釐清原因，悶著頭寫也只會一腳踩進寫不好的無底泥淖。搞清楚原因後，再去一一嘗試解決的方法。別在被不安牽著鼻子走的狀況下硬寫，先相信自己「寫得出來」，一切才從這裡開始。

第2章

養成「先讀再寫」的習慣，就能迅速提昇寫作能力

將「好文章」輸入腦中，打造寫作腦

（在網路上閱讀文章時應該注意什麼）

既然會拿起這本書，表示你多少懷有「希望能寫好文章」的心情吧。所以，我似乎應該快點開始分享具體的「寫作方法」才對。但是，首先還請容我談談「閱讀」這件事。

為什麼要先談閱讀呢？因為閱讀自己以外的人寫的文章，是寫出好文章不可或缺的訓練。不只如此，我建議大家應該盡可能閱讀「好文章」。

養成閱讀「好文章」的習慣，其中「好的部分」就會自然而然存入腦中，等輪到自己寫作的時候，就能拿出來運用。無論職場或個人，都常強調「準備多種方案」的重要性，寫文章的時候也是一樣。

不過，說到閱讀文章這件事，除了書本、報紙和雜誌等平面媒體，最近網路文章似乎成了更普遍的閱讀管道。平面媒體雖然很有魅力，但只能說現在就是這樣的時代。我這麼說並非想否定網路文章，事實上網路文章也絕對不全是缺點。關於這點，只要思考「讀者」的行動就能明白。

舉例來說，在沒有網路以前，也就是以平面媒體為主流的時代，還是有很多人沒有「閱讀習慣」。可是，現在就連那樣的人，也在不知不覺中透過網路閱讀了各種文章。

網路的出現，或多或少改變了他們的行動。換個角度想，也可以說是網路媒體讓文章變得更平易近人了。既然如此，網路的出現確實有著劃時代的意義。

只是，方便的時代也有方便時代的問題。網路上的文章良莠不齊，有「專業人士（編輯）經手過的文章」，也有「未經專業人士經手的文章。」後者有很多稱不上「好文章」，讀者必須自己懂得判斷「這篇文章是否值得信賴」。我這麼說，不是想用高高在上的態度批判網路文章，現實問題就是現在這個時代，網路上的文章確實呈現這種狀態。

可能有人會說「何必計較得這麼細」，但是兩者的差異是顯而易見的。簡單來說，就差在客觀性的有無。平面媒體幾乎來自出版社或報社或其相關網站，上面的文章都加入了「編輯的觀點」。例如「這些內容是否適合寫成報導」、「這個主題是否應該寫成文章」、「文章內的描述或內容是否正確」……因為具備了這樣的客觀性，平面媒體的文章才值得信賴，讀者也才能放心閱讀。不是我想一味歌頌平面媒體，事實就是平面媒體的內容出自受過這些訓練的專業人士之手。就像古董商人分辨得出古董的真假，廚師分得出魚新不新鮮一樣。

相較之下，沒有加入編輯觀點的網路媒體、只以經營者本人主觀寫成的網路文章（內容農場等等），或是部落格等自媒體，就無法保證內容一定客觀了。沒有客觀性，主觀太強烈，文章的主旨與思想就容易產生偏頗。

正因如此，每個讀者都必須培養分辨「這篇文章是否值得信賴」的洞察力。可能有人覺得太麻煩了，我能理解這種心情，但是，既然我們面臨的已經是這樣的時代，就該因應眼前的狀況才是。

不是用負面的心情去面對，必須放下一些成見，採取因應時代的作法。

大量閱讀就能分辨「好的文章」與「不好的文章」有何不同

話雖如此，一篇文章究竟值不值得信賴，往往沒那麼容易判斷。這也就是為何養成閱讀習慣如此重要了。

用前面提到的例子來思考看看吧。如果想成為一個優秀的古董商，一定得培養鑑定古董的眼光。為此，必須盡可能看過、摸過大量古董，才足以培養出正確的鑑賞眼光。或許要花上很長一段時間，但在反覆接觸的過程中，慢慢就分得出真品與假貨的不同。

同樣的，廚師分辨魚是否新鮮的能力也是這麼培養來的。一樣的道理，當然也能套用在「培養閱讀習慣」上。

盡可能大量閱讀文章，漸漸地，就能獲得判斷眼前文章是「好文章」還是「壞文章」的能力。反過來說，跳過這個過程，不去養成閱讀習慣，那麼不管經過多久，你的「眼力」還是不行。就這層意義來說，閱讀各式各樣的文章就成了很重要的一件事。而且，不能只是「偶爾」閱讀，重點是「養成持續的閱讀習慣」。

當然，大家都是從還沒有閱讀習慣的時候開始的，在這件事成為習慣的過程中，肯定也會遇上難以判斷「這篇文章是否值得信賴」的時候。就像剛投入古董業的新手，有時也會看不穿眼前的壺是否具有古董價值。

這種時候，你或許會對「自己無法判斷」這一點感到不安。可是，在這個階段，這樣也沒關係。最後當然還是必須養成足以分辨「好文章」或「壞文章」的能力，但在還不具備這個能力，也就是還在成長的階段，遇到難以判斷的文章時不用太氣餒。

那麼，這種時候該怎麼做呢？答案很簡單。**別去想「這是好文章」或「這不是好文章」，每一篇都讀就對了**。在這個階段，就算讀了也判斷不出好壞或許是常有的事，但不用擔心。**只要讀的文章愈多，總有一天一定培養得出鑑別的眼光。**

請試著回想人生中剛開始聽音樂時的情形。在還沒有太多相關知識的當時，是否也曾趕流行，喜歡聽一些（音樂品質稱不上太高的）暢銷金曲？當時，如果有人對你說「那首歌的水準不太高」，你可能無法理解吧。別說理解，或許還會不高興（我自己就有這樣的經驗）。

可是，後來又聽了各式各樣的音樂，有時也會發現從前喜歡過的樂曲，原來「很俗氣」。這才終於理解多年前人家指摘的意思。如果你也有類似經驗，就證明自己已經培養出不同以往的「耳力」了。

經歷跟隨大眾口味選擇樂曲的初期階段，再累積聽過各式各樣樂曲的體驗後，不但多了關於音樂的知識，判斷能力也更成熟、更準確。因此，對於過去曾覺得「不錯」的歌，便會開始感到「以前怎麼會覺得這種曲子不錯，真難為情」。

文章也和歌曲一樣。只要遍覽各式各樣的文章，即使是起初感到「不錯」的文章，逐漸就能看出缺陷。因為自己也在這段過程中成長了。第一章曾提到「即使當下認為自己寫出很棒的文章，之後很有可能覺得自己寫得不好而感到難為情」，閱讀也一樣，不用太在意。

不管怎麼說，最重要的是養成閱讀習慣，並大量閱讀。只要能徹底實行這個，絕對能夠培養出正確的判斷能力。

先去一趟書店，買下感興趣的書吧

剛才也說過，網路文章已經成為比平面媒體更平易近人的存在，這是顯而易見的事。此外，要再強調一次，我無意全盤否定網路上所有的文章。**只要自己憑本能理解「對我來說這篇文章是否重要」，即使閱讀的是網路文章，那也沒有任何問題。**

但是，就算這樣，我還是希望各位能盡量養成閱讀紙本書的習慣。可能有人會說「既然有網路和電子書了，何必特地去買紙本書來讀」，這份心情我也不是無法理解。既然有更方便的東西，去運用更方便的東西當然比較好。

可是另一方面，讀紙本書還是有很大的意義，絕對不是一件無謂的事。但這是感覺層面的問題，說明起來不太容易，就算說出來，原因聽起來也可能微不足道。然而，我認為就是這些「微不足道」的細節才重要。**紙本書和網路文章或電子書絕對不一樣。**

要理解這種難以說明的感覺，**請先去買一本自己感興趣的書吧。**

除了付費制的網站，網路上的文章幾乎都能免費閱讀。電子書籍也是，只要在網路上付了錢，在家用電腦、平板電腦或手機上都能閱讀。可是，在此還是希望各位能走一趟書店，挑一本感興趣的書買下。

理由如下：

①紙本書有著只有從紙本才能感受到的魅力

打開封面時，隱約聞得到紙張和墨水的氣味；翻開頁面時，手指傳遞著紙張的質感，這些都能帶來令人雀躍的心情。紙本書有著這些網路媒體或電子書所沒有的魅力。即使只是微不足道的小事，卻是重要的特質。

②透過紙本書能體會到「特別感」

自己實際花錢買下的書，當然會成為「屬於自己的東西」。即使書本的內容是作者寫給眾人的，但買下一本書就等於擁有屬於自己的東西。想在什麼時候、用什麼方式閱讀這本書都是自己的自由。買書等於擁有這份「**特別感**」。

③「想回本」的心情會發揮作用

既然花錢買了，至少希望能回本，這是理所當然的想法。因此，「既然買了就來讀吧」的心情也會更加強烈。隨手就能拿起的書，不再只是遙不可及的存在，加深了想「從書中獲得什麼」的意識。不過，經常遇到讀了之後才發現不喜歡的書，因而「讀不下去」。這種時候請乾脆放棄，找尋其他更適合自己的書吧。

買紙本書的理由當然不只這些，一定還有其他紙本書的好處。即使對別人而言毫無價值可言，對自己來說卻是有價值的事。無論如何，**光是「試著去買下一本書」這件事，就有著「縮短文章與我們之間距離」的價值了。**

過去我曾強調，①去圖書館借書，或②去（BOOKOFF之類的）整新二手書店買書，都是讓自己喜歡上看書的重要管道。這個想法至今依然不變，只是以初期階段來說，還是建議大家用自己的錢去書店買新書。因為這樣，能讓你對上述三點更有感。買書這件事，感覺就像交到了新朋友。

推薦給「閱讀速度慢的人」三種培養閱讀習慣的方法

閱讀的時候，經常會遇到幾種阻礙，像是「騰不出時間」、「無法養成閱讀習慣」、「讀一本書得花上很長時間」、「記不住讀過的內容」……等等。請馬上拋棄為這些事苦惱的念頭。因為，這都不是什麼特別的煩惱，每個人都常遇見這樣的問題。當事人往往以為「只有我會這樣」，其實大多數的閱讀者都曾感受過類似的阻礙，頂多是程度多寡的不同而已。

拙作《快速抓重點，過目不忘的閱讀術》（商周出版），就為有這樣困擾的人提出過「養成閱讀習慣的三步驟」解決方案，以下介紹給大家。

①力行「每日・定時」閱讀

如果想讓閱讀成為習慣，建議可定下「每天・同樣時段閱讀」的原則，並加以實踐。這麼做的時候，重點是要和小學國中每天實施的「晨間閱讀十分鐘」一樣，只讀「十分鐘」。**即使書的內容再吸引人，還是只讀十分鐘就停下。如此一來，「想趕快看到後續內容」的欲望就會提高，促成「下一次的閱讀」。**

可以在適合自己的時段，如「上班前十分鐘」或「午餐後十分鐘」安排這個閱讀時間。比方說，如果只在上班前讀了十分鐘，工作中就會一心想著午休時間繼續讀，激勵自己更勤奮工作。午休再讀十分鐘，下午工作時就能對下班後在電車上閱讀的時光充滿期待。

像這樣刺激自己的閱讀欲望，慢慢地，閱讀習慣就毫不勉強地培養起來了。順帶一提，我個人的建議是，早上起床後閱讀十分鐘。

② 選書以「能快速閱讀的書籍」為主

大致上來說，書可分為三種：

A＝原本就不用讀的書。

B＝必須慢慢熟讀的書。

C＝可快速閱讀的書。

A指的並不是沒有閱讀價值的書，而是「自己原本就沒必要讀的書」。B則是如小說之類「有故事情節的書」。因為情節有重要的意義，必須花上足夠的時間才能讀懂。相較之下，如果想養成閱讀習慣，基本上就要選擇C這種「可快速閱讀的書」。分成許多「段落」，翻開任何一段都能開始讀的職場實用書就屬於此類。**因為能快速往下讀，有助於養成閱讀習慣**。

明白書可分成三種後，就來製作一份「讀書清單」吧。這時，**應該把慢慢熟讀的書和可快速閱讀的書一起放入清單**。準備好幾本想閱讀的書，以比例來說，C這種「可快速閱讀的書」大概佔九成，B這種「必須花時間慢慢讀的書」則佔一成左右，同時並行地閱讀。

「必須花時間慢慢讀的書」如果讀得有點累了，就換成「可快速閱讀的書」。又或者，假設事先將閱讀時間決定為六十分鐘，前三十分鐘花時間慢慢讀B這類的書，剩下三十分鐘則快速閱讀C這類的書，像這樣做出緩急的節奏。久了之後，就會成為你的讀書節奏，不管讀哪一類的書，都能專注其中。

③ 閱讀「與昨天不同的書」

習慣閱讀之後，不太建議一本書花超過十天的時間閱讀。無論多有魅力的書，花的時間愈長，讀起來愈痛苦。

為此，就要採取不讓閱讀變得痛苦的機制。我的建議是，**C類的書可盡量以「一天一本，快速瀏覽」的方式閱讀**，製造「每天都有不同的書通過自己腦中」的狀態。同時，這些書都不要放到隔天還在讀。

或許有人會懷疑「讀這麼快，能記得住內容嗎？」可是，花一個月痛苦讀完也不代表完全記得住內容。反倒會因為花了太長的時間，使記憶變得模糊。**一開始就規定好時間，專注於這段時間內吸收得了的價值，反而更有效率。**

具體來說，我的建議是「**與其花十天拖拖拉拉地讀，不如花六十分鐘快速瀏覽**」。在六十分鐘內快速瀏覽，更能專注於書的內容，讀完之後回頭反芻，會發現書的重點多半已經記住了。

一看就懂！如何分辨「好的文章」與「不好的文章」

至少必備的四要素！「單純」、「助詞」、「標點」、「節奏感」

文章可分為「好的文章」與「不好的文章」。其實說白了，後者就是「壞的文章」，只是用「壞」這個字總給人強烈否定的感覺，便刻意寫成了「不好的」。總而言之，我們可以把文章大分為這兩種。

最理想的情況，當然是希望自己能寫出「好的文章」，我也常這麼想。畢竟我雖然喜歡寫作，也習慣寫作，但離完美還很遠。或者應該說，寫作沒有一個「完美的終點」。

追根究柢，關於什麼是「好的文章」沒有絕對正確答案，每個人對「好文章」的看法也不一樣。因此，雖然我只能寫下自己的看法，其中也有絕對不願妥協的部分，那就是**「單純」**、**「助詞」**、**「標點」**和**「節奏感」**。

以下就依序一一說明吧。

就我看來，不習慣寫作的人，文章有一個共通的特徵。那就是——**「忍不住寫太多」**。職場上常會遇到有些人寄來冗長到沒必要的E-mail，這應該是最好懂的例子。會犯這個毛病的，多半是個性太認真的人。「這件事必須寫」、「那件事也不能不提」……想來想去，找不出可刪除的地方，自然變成了冗長的文章。

事實上，愈長的文章愈好寫，反正想到哪裡寫到哪裡就好，還可以省掉刪減文章的麻煩。

可是，**文章就應該要「單純」**。愈長的文章愈難讀，會讓讀者失去閱讀的意願。好不容易拚命寫出來的文章，要是沒人讀的話，豈不是太可惜了嗎？**別的不說，光是為了讓人樂意閱讀，就該刪除多餘的部分，讓文章簡潔有力。「單純」與**

「簡潔」是「好文章」不可或缺的重要條件。

其次是「**助詞**」。包括格助詞、係助詞、連接助詞、副助詞、終助詞等，日語中有各式各樣的助詞，發揮著將詞彙與詞彙串連起來的作用。

想寫出好文章，「好好使用助詞」絕對是必備條件。少了助詞的文章讀起來不通順，傷腦筋的是，網路上經常看見這樣的文章。要是讀到這類文章，自己也覺得讀起來不通順，建議可把它視為負面教材，試著思考「為什麼讀起來不通順」。光是這樣就能學到不少東西。

此外，不只寫文章，在日常生活對話時，提醒自己好好使用助詞也很重要。舉個例子，假設你對某人說「我去下車站」。這時，就算嘴上不修正，腦中也要複誦一次「我要去車站一趟」。光是這樣就能感受到語感的不同，對寫作是很好的練習。持續這麼做，自己對助詞的觀念就會在無意中加強，寫作時使用起助詞也會更得心應手。

第三點的「**標點**」，就是指「逗點」、「句點」等標點符號。判斷在哪裡打逗點，什麼時候該打句點，是寫作時很重要的事。每個人使用標點符號的判斷不同，所以大家寫出來的文章風格都不一樣。以我為例，我認為最理想的標點方式，是**一句話不超過三十個字，整句不超過兩個逗點**。

> 那時聽了A說的話B說「因為○○所以△△吧？」但我的看法有點不一樣。因為我認為不是「△△」而是「□□」。當然只要是人就會有各種不同的思考但我還是有無法接受的部分，關於這件事如果也能再多思考一下心情上比較能獲得救贖。

讀這段文章時，之所以感到喘不過氣來，就是因為逗點太少。那麼，下面這段文章呢？

那時，聽了A說的話，B說「因為○○所以△△吧？」但我的看法，有點，不一樣。因為我認為不是「△△」，而是「□□」。當然，只要是人，就會有各種不同的思考。但我還是有無法接受的部分。因此，關於這件事，如果也能再多思考一下，心情上，比較能獲得救贖。

這裡的逗點又太多了，就另一個層面來說，也是讓人不想讀下去的文章。

那時，聽了A說的話，B說「因為○○所以△△吧？」可是，我的看法有點不一樣。因為我認為不是「△△」，而是「□□」。當然，只要是人就會有各種不同的思考，但我還是有無法接受的部分，如果能再多思考一下，心情上比較能獲得救贖。

改成這樣，讀起來是不是順暢多了？當然，沒有哪種寫法是絕對的正確答案。不過，只要習慣閱讀，慢慢一定會找出最適合自己的標點符號用法。不管怎麼說，從上面的例子也可明白標點符號有多重要。

最後是「**節奏感**」。這或許是我最重視的一點。**有節奏感的文章，閱讀的時候就能像順流而下一般**，也可以說是一種暢快的感覺。節奏感不是能按照理論或固定方法打造的東西，只能相信自己的品味，寫久了就培養得出來。不過，有個重點是，節奏感和前面提到的「單純」、「簡潔」密不可分。寫得愈冗長，愈會失去節奏感。

後面的「寫作方法」還會再提及類似內容，總之，不小心寫得太長的文章可試著分成兩到三個段落。此外，也可一邊在腦海中打拍子一邊默唸文章，光是這樣，就可掌握到寫作時的節奏感。

辨別好文章的四個重點

單純
太長的文章拖拖拉拉，不容易閱讀
要把多餘的地方刪除。
助詞
・格助詞
・係助詞
・連接助詞
・副助詞
・終助詞
正確使用助詞。
標點
每句話以30字為基準。
逗點
句點
節奏感
跟著節奏輕快地往下讀。

莫名冗長的文章不可信任

各位不覺得，網路上經常有「莫名冗長的文章」嗎？

比方說，對某個標題寫著「有效率的讀書方法」的專欄文章感興趣時，多數人一定都期待在專欄文章裡看到「怎麼做才能有效率地閱讀」吧？

不料，一旦看下去就會發現，前面以冗長篇幅寫著「各位有閱讀習慣嗎？閱讀能讓我們獲得許多新的領悟……」像這樣，長篇大論地講述閱讀的好處和作者本身的經驗談。

不只如此，之後也一直不斷持續著無意義的內容，不管怎麼往下讀，始終沒有進入正題。就在以為文不對題時，最後終於提到「有效率的讀書方法」，內容卻是少得可憐。

網路上有許多這類專欄文章，令人失望的也很多，所以我在讀這類文章時經常保持警戒，避免浪費寶貴時間。舉例來說，即使看到感興趣的標題，我也不會從頭開始讀，寧可先把游標往下拉，跳過文章中段，只確認最後結尾。畢竟多數情況下，在那之前寫的都是可有可無的東西，不讀也不會怎樣。

既然如此，根本沒必要非讀冗長文章不可吧。更何況，那些內容對讀者來說毫無意義及好處。文章明明是為了供人閱讀而寫的東西，事情變成這樣還真荒唐。只能說，這或多或少就是網路時代的現實。

如果您今後以寫作為志，**就不該參考網路上俯拾皆是的「莫名冗長文章」**。我甚至可以斷言，那些文章只會扼殺有潛力的寫作者，帶來不良影響而已。

喜歡的作者會成為你最強的「文章導師」

有導師在就能安心寫

在商務職場的世界，「**導師**」（Mentor）是經常使用的詞彙，相信熟悉這個字的讀者也不少。這個字也有指導者或顧問的意思。人在做不習慣的事時，想靠自己一個人的力量克服所有困難，通常是不可能的事。正因如此，**面臨「想試試看，但不知道該怎麼做才好」的狀況時，前輩的經驗往往能派上用場**。

同樣的道理也能應用在寫作之際。

原本不常寫作的人一旦開始寫作，總會在一段時間後碰壁。比方說，煩惱起

「這種時候，該寫什麼才對？」或是「寫著寫著，就不知道自己在寫什麼了……」（後者聽起來或許很像在開玩笑，其實是常見的事）。這種時候，導師的存在就能幫上很大的忙。

話雖如此，未必要去拜託身邊認識的人當自己的導師。「我有社交障礙，無法開口拜託人」之類的煩惱也沒有必要。因為「自己心目中的導師」，不一定要是前輩或上司、同事。就算不是實際上近在身邊的人，**只要是自己覺得「很不錯」的對象，就能成為「自己心目中的導師」**。

說得簡單一點，**只要找出「自己喜歡的寫作者」就行了**。如果有個人讓你覺得「說不上為什麼，但我喜歡這個人的文章」，那麼，就去把注意力放在這個人的文章上。

① 為什麼我會受這個人的文章吸引？

② 我喜歡這個人文章的哪裡？

最重要的，就是針對這兩點徹底思考。當然，受吸引的原因和喜歡的部分因人而異，因為每個人最重視的都是「自己的感受」，所以不用在意別人的看法。

以①為例，答案可能是「從他的文章裡，感受到自己沒有的堅定意志」或「他的文章總是能站在他人立場思考，從中感受到溫柔體貼的心意」等等。②的答案則可能是「單純覺得文筆很優美」或「喜歡他形容事物的方式」等等。或者，也可以具體指出是哪些表現的手法。

把注意力放在這些地方，**試著思考「為什麼」和「哪些部分」。這麼一來，「自己該以何種表現方式為目標，用何種風格、抱持何種心情寫作」就會明確浮現出來。**

從「自己的導師」身上該學習的是這個部分，這將成為你架構文章的起點。

只要找到喜歡的作者，就去讀遍那個人的文章

了解導師的存在有多可靠後，接著或許會有人想問「要怎樣才能找到屬於自己的導師呢」。其實沒必要想得太難，又不是要做什麼專業的研究，目的只是找個「寫作」的導師而已。只要想想，有誰寫的文章讓自己覺得「很不錯」就好。

你有沒有喜歡的書？或是曾受過哪本書、哪個作者影響？每個人應該都至少有一次，在閱讀某個特定作者的書時浮現「我喜歡這個人的觀點」或「這個表達方式深得我心」的想法。

請試著想起這樣的體驗。那也許是很久以前，說不定會回溯到小學時代。無論如何，請**找尋記憶中那個曾讓自己覺得「很不錯」的作者，再來只要去找出那個人的書或文章來讀就行了。**

如果你說「不，我不太常看書，也沒有喜歡的作家」，那也沒關係。讀過書籍作品當然最好，有喜歡的作家就能拿他來當自己寫作時的參考對象。話雖如此，要是「不認識幾個作家」的話，不妨想想自己常看或與自己興趣相關的部落格、社群網站等，或是其他網路紅人也可以。

這些人或許未必是寫作的專家，因此，無論社會知名度或文學價值，都有可能劣於作家或其他寫作者。話雖如此，沒有知名度但很有魅力的寫作者依然比比皆是。所以，無須拘泥於知名度，**只要受到某個特定的人寫的文章吸引，就能把那個人視為自己的寫作導師**。

無論導師是知名作家也好，無名寫手也好，重要的是向那個人學習。文章寫得亂七八糟的人當然應該迴避，但是，只要是能寫出正常文章的人，都具有足以成為導師的價值。

找到「自己心目中的導師」後，接下來該做的，就是去讀那個人的文章。之前或許已經讀過，這次要帶著更強烈的好奇心來讀，有時也可試著邊讀邊分析對方的文字表現方式，思考「為什麼這個人可以從這種觀點出發呢？」「為什麼這個人的文章讀起來這麼舒服呢？」，包括以前未經深思瀏覽過的地方在內，徹底深入研究看看。

我想不到比較適合的形容詞，只能說，在這麼閱讀的時候，或許必須把自己想像成跟蹤狂（雖然這真的不是很好的形容詞）。

首先最重要的，是秉持好奇心和興趣。其次，是要提醒自己去做這件事，同時，還要去享受這件事。這是最重要的。

因為帶著開心享受的心情養成閱讀習慣時，更能看清「自己的導師」寫作上的魅力、特徵與習性。

我很喜歡昭和時代一位名為源氏雞太的大眾小說家。最吸引我的地方，是他那素有「源氏主義」之稱的情節鋪陳與氣氛營造。老實說，文筆本身反而並未使我感受到特別的魅力。這話聽起來失禮，仍不改我欣賞他的事實。

我讀過相當多他的作品，結果，包括他獨特的行文習性在內，我甚至敢自信地說「沒有人比我更熟悉源氏老師的風格」（話說回來，現在這個時代也很少人在讀源氏老師的書了）。

就這層意義而言，源氏老師也可以說是我的寫作導師。

「致敬」能徹底提昇寫作實力

小學四年級的時候，級任老師說的一句話，我到現在都還記得很清楚。已經忘了當下在講什麼事了，總之，那時她說了這麼一句話：

「和別人做一樣的事一點也不好玩。」

回頭想想，那個填鴨教育的全盛時代下，這真不是身為教師的人輕易能說出口的一句話。可是，那位老師卻用開心的表情，輕鬆地對一群孩子們這麼說。

聽到這句話的我，心想「她說得沒錯」，感受到強烈的認同。因此，即使從那天至今已經過了五十年，我依然認為**「不和別人做一樣的事」**，**也就是「原創性」非常重要**。

不只限於寫文章，原創的重要性，同樣可套用在音樂及藝術等創作上。正如那位老師所言，和別人做一樣的事一點也不好玩。一旦做出讓人覺得「這跟〇〇很像」的東西，表現力也就到此為止了……這麼說或許有點誇大，但是，身為創作者，至少該抱持這種程度的心情。

只因「看到那個叫〇〇的人做的東西覺得『很不錯』」，就毫不猶豫加以模仿，這樣的人其實不少。我自己對這現象感到吃驚，但也認為如果只是個人興趣、私下模仿其實沒什麼關係。可是，身為專業人士或懷抱堅定意志從事某件事的人，還是避免模仿別人比較好。當然，寫作也一樣。

如果覺得某篇文章「不錯」，在分析過這篇文章的魅力後，下一階段該做的事，是**試著模仿這個作者寫的文章**。一邊找出這個人文章中「好的部分」，一邊模仿著寫，最後更要將其昇華為屬於自己的東西。

或許有人會說：「你前面不是說不要模仿，現在又說要模仿，豈不是前後矛盾？」不，並沒有矛盾。換個詞彙說，這不是「模仿」，而是「致敬」。

如果是「模仿」，其中看不到對導師的敬意。只因「看到那個叫〇〇的人做的東西覺得『很不錯』」而模仿，沒有想學習的意思。如此一來，這就是單純的模仿，不可能做出「更進一步」的創作。

相較之下，「致敬」背後則有對原創者的尊重，也可以說是尊敬之情吧。在覺得「不錯」的當下，已經對作者抱持很大的敬意了。

你可能會問「只有這點差異嗎？」但是，「模仿」是表面的東西，其中只有「覺得這東西滿不錯，就來模仿看看」的念頭，做出的東西很難打動人心。換成「致敬」，因為其中含有敬意，就有超越單純模仿的可能。

或許最初看起來像是單純的模仿，慢慢地，就能成長為「出於致敬的嶄新原創表現」。如此看來，「致敬」還是有很大的意義。

該學的不是技術，而是品味

在廚師等「職人」的世界，常有「偷師」的說法。這裡的「師」指的不只是師父的技術，還包括思考方式、態度和人生經驗。正因如此，學徒必須仔細觀察師父的動作，自己從中學習。即使我不是職人，也對這種觀念很有共鳴。因為這個道理在寫作這件事上也通用。

如果只要求技術，想必科技很快就會凌駕一切了吧。原本「至少要花十年鍛鍊才能學會的技術」，可能只要按一顆按鈕就完成。然而**實際上，還是有著比技術更重要的「某種特質」。價值的高低，也取決於這個「某種特質」的有無。**

那麼，「某種特質」究竟是什麼呢？

其他行業不說，至少關於寫作，我認為「某種特質」就是「**品味**」。寫文章必須要有寫文章的技術，反過來說，只要有技術，或許就能寫出像樣的文章。然而，這個階段的作品和用壽司機器人捏出來的壽司沒兩樣。真正重要的，是壽司機器人做不出來的部分。

比方說，判斷端出不同魚料的先後順序，觀察顧客需求提供當下所需的服務……這些從經驗中培養出的直覺及感受力就是品味。正因壽司職人有這樣的品味，才會有人願意出錢去吃「不會迴轉」的壽司。

寫文章也一樣。有魅力的寫作者寫出的文章，能令人看了佩服地想「在這裡用這種描述方式，真不愧是高手」。向這樣的文章「致敬」的結果，或許自己也能擁有相同的品味。在受到對方影響的過程中，自己的文筆能力也有所提昇。

能讓人這麼想的文章，**擁有超越「技術」的「品味」**。更進一步來說，**寫作者的品味反映出那個人的人生經驗**。就跟壽司師傅憑經驗明白「如何判斷端出不同魚料的先後順序、如何察覺顧客需求並立刻提供所需的服務」一樣。文章也是如此，即使寫作者自己沒有發現，文章也透露著寫作者的「性格」。這就是文章的魅力由來。

說到科技，不久之前「奇點」（Singularity）這個詞曾蔚為話題，未來總有一天，「人工智慧（ＡＩ）超越人類智慧的奇點（科技奇點）到來後，許多原本由人類從事的工作，將被ＡＩ取代」。那麼，文章總有一天也會全部出自ＡＩ之手嗎？

關於這個問題，很多人有各種不同的想法，我自己的想法也未必正確。即使如此，我仍確信**「人類一定能寫出ＡＩ絕對寫不出的，具有魅力的文章」**。因為這是光靠科技辦不到的事。

為什麼這麼說呢？因為**在一篇具有打動人心魅力的文章背後，一定有著寫作者的人生經驗**。即使作者自己未曾察覺，也會表現在文字上。就這層意義而言，也可以說**「品味就在人生經驗中」**。不過，請不要想得太艱澀，只要從精神層面的意義來想就行了。

實際開始寫作前，可閱讀大量自己從中感受到魅力的文章，吸收其中自己認為好的部分，從「致敬」的觀點嘗試模仿。反覆如此練習，是比什麼都重要的事。

第2章 總結

❶ 閱讀「好的文章」，在腦中累積「優良的文章範本」，等到自己執筆寫作時，就能派上用場。

❷ 養成閱讀文章的習慣後，漸漸就分辨得出什麼是「好的文章」。

❸ 還沒有閱讀習慣的人，請先買下自己感興趣的書。

❹ 刻意在一段有限的時間內閱讀，自然而然、毫不勉強地養成閱讀習慣。建議可先從「每次閱讀十分鐘」開始。

❺「單純」、「助詞」、「標點」、「節奏感」是判斷一篇文章是不是「好文章」的重點。

❻ 把喜歡的寫作者當作導師，在向導師看齊的過程中，自己的文筆會有顯著提昇。

❼ 能打動人心的文章背後，有著寫作者的人生經驗。

接觸愈多「好文章」，自己的文筆就會愈進步。你也有喜歡的作家或寫作者嗎？為什麼喜歡這些人的文章呢？試著這樣分析，一定能獲得正面影響。

第3章

「戳中人心的文章」就要這樣寫！

「無趣文章」轉變為「攻心文章」的十三個方法

❶ 具體想像文章是為「哪裡」的「誰」而寫

在多家媒體上撰文的我，經常提醒自己幾件事。那就是**「文章寫在哪裡」**、**「文章寫給誰看」**。聽起來或許像是廢話，可是，**確實掌握「誰會在哪裡讀到這篇文章」，是寫作時非常重要的事**。如果不這麼做，最後可能只會寫出自我滿足的文章。

寫文章時，千萬不能忘記「讀者」的存在，也不能忘記讀者想從這篇文章裡看到或得到什麼。寫作者不可以從自己的角度出發，寫作時應該經常將讀者放在腦中。除非寫的是不打算讓任何人看的日記，那又另當別論了。

更進一步說，還有一個非常重要的重點。那就是——**只要具體想像「這篇文章在哪裡被讀到（例如特定的網站等等）」及「讀這篇文章的是誰」，就能更容易把這篇文章寫出來。**打個比方，就像「投球時看得到接球的人，球就更能順利投出」一樣。

舉我自己的例子來說，十年前接受委託，開始在「Lifehacker」網站寫書評時，我就曾試著具體想像讀者的模樣。但那並不是從行銷的觀點加以分析，只是在自己腦中大致有個想像而已。總之，我的作法是從「Lifehacker」這個媒體本身的形象反推，想像「會上這個網站看文章的讀者」具體是些什麼樣的人。例如「感覺對知識具有強烈的好奇心」、「乍看冷靜，其實有很強的求知慾」，甚至連「外表大概是……」、「喜歡什麼樣的打扮呢？」都思考過。

這樣思考一番之後，儘管「籠統、模糊」，但也逐漸摸索出讀者的樣貌。到了這個地步，等於拿到寫文章的強力武器。從讀者的樣貌中，大概可推測「讀者期待看到什麼樣的內容」。

以這樣的想像和推測為基礎，不但寫起文章來順手許多，寫著寫著，讀者的輪廓又更鮮明。慢慢地，「寫作壓力」愈來愈減少，也能將內容寫得愈來愈具體。

順帶一提，就算想像中的讀者形象和實際上不同也沒關係。比起「追求實際上的讀者形象」，**「透過描繪讀者形象，讓自己寫下的文章不會停留在自我滿足」，才是更重要的事。**

具體想像文章「在哪裡」「被誰讀」

❷「為了什麼而寫？」目的要明確

閱讀網路文章時，有時也能看出寫作者的心思。其中最多的就是「不管怎樣都要賺字數」，還有「自我表現欲強烈」的人。

前者屬於開場白莫名冗長，寫了很久都不進入正題的類型。試想，這樣的文章怎麼可能好讀呢？文章**注重的是容易閱讀，讀了之後有所收穫，一篇不好讀的文章只能說是本末倒置了**。

後者則比起讀者想知道的正題，更重視強調「自己是怎樣的人」。我在閱讀網路文章時，只要一發現作者一再重複「我……」、「我……」，就會開始想「滑鼠該往下拉到哪才好？」直接跳過那些對我而言無用的內容。對於受到標題吸引，點進文章開始閱讀的讀者來說，「寫作者」過度的自我彰顯是最無用的東西。這麼說雖然很冷酷，但這就是讀者的真心話。

自我彰顯一旦「過度」，瞬間就會變得很難看。表達自我、彰顯自我雖然不是壞事，「過度」就教人不以為然了。還有，也有點丟臉。

寫文章時重要的是思考「目的」，也就是「為了什麼而寫？」，這說不定比文筆或寫作技巧更重要。想像讀者的需求也很重要，讀者絕對不想看太長的開場白和作者過度的自我彰顯。身為「寫作者」，這些都是不可忽略的事。

❸開頭就要引起讀者興趣

就像在前面②的段落提過的，文章開頭太長的話，容易使讀者失去耐性。一篇遲遲不提及核心主題的文章，就像說著「別這麼心急，再聽我說一下嘛」，跟唬弄讀者沒兩樣。

這時，文章開頭部分就扮演著重要的角色了。不要拖拖拉拉說些沒重點的話，**文章開頭最好要簡潔有力，而且必須瞬間吸引讀者的注意力**。想做到這點有各種方法，舉個最有效的方法，那就是——文章一開頭便「隱約透露」結論。為了說明這個方法，以下我先舉一個不好的例子。

> 不是有那種每次打電話來就講個沒完沒了，遲遲不肯掛電話的人嗎？我有個朋友就是這種類型的人。他這個人其實不壞，應該說我們感情也還滿好

的，所以我才煩惱著不知道該怎麼辦。而且我們之間還有個共通的朋友A，前幾天他打電話來時，就是在講這個A的事。對我來說，兩邊我都不想得罪，真的很傷腦筋。各位也曾遇過這種事嗎？如果可以的話，我是不想引起人際關係上的糾紛啦。所以我一直在想怎麼做比較好，終於給我想到了一個好點子。這個方法讀者們一定也用得到，所以我想來介紹給大家。

差不多看到第三行就失去繼續往下讀的意願了吧？這就是開頭廢話寫得太多，令讀者瞬間失去閱讀意願的文章。那麼，下面這種寫法怎麼樣？

那個說起話來沒完沒了，總是遲遲不掛電話的朋友，我終於成功掛掉他的電話了。這方法比我預期得還順利，所以今天想寫下來跟大家分享。

像這樣**排除無謂的廢話，隱約透露結論，是不是更讓人好奇起後面的內容了呢？**文章的開頭若能寫得像這樣簡潔有力，就可避免令讀者不耐煩的下場。

只是，我必須先聲明，這只是其中一種方法而已。

網際網路普及後，也有一些人會把「文章開頭愈短愈好」視為「常識」。可是，做到這種把網路情報奉為聖旨的地步，未免又太沒有自我判斷力了。再說，我認為文章不是那麼死板的東西。雖說現代文章確實有開頭愈短愈好的傾向，但那只是寫作技巧的一種，也不是只要短就什麼都好。

某些情況下，文章的開頭適合盡量簡短，但一定也有需要透過紮實的文脈吸引讀者注意的寫法。不同文章適合不同的開頭寫法，判斷「什麼時候該用哪種寫法」才是比什麼都重要的事。

重點在於，要如何在文章的開頭吸引讀者注意。

❹ 寫下混亂的思緒並加以整理

明明有非寫不可的東西，或者明明就滿懷想寫的幹勁，一旦要開始寫，卻自動踩了煞車——偶爾也會遇到這種情形吧。

之所以會這樣，只有一個原因，那就是腦中的思緒沒有經過整理。**想寫的事，該寫的事都很明確，只是沒有好好整理，陷入了「自己也搞不清楚現在怎麼回事」的狀態**。感覺就像一團打結的線頭。

這樣的話，只要把那團「糾纏的線結」解開，讓線恢復筆直緊繃狀態就好。想做到這個，最有效的方法就是**把腦中的片段或詞彙一口氣寫出來**。可以寫在白紙或筆記本上，也可以在電腦裡開一個筆記檔案，用打字的方法打出來。或者，習慣用手機的人還可利用智慧型手機裡的備忘錄應用程式，把腦中想到的東西全部列出來。無論用哪種方法，就像將架子上的貨物全部取下盤點一般，把腦中打結的一切思緒抽取出來。

這麼一來，「想寫的事」就會清楚浮現。不只如此，寫下腦中混亂思緒後，連原本自己沒發現的「想寫的優先順序」也會變得清楚。光在腦中想的時候，「這個也想寫、那個也想寫」，也難怪只會混亂成一團。

可是，試著列出來一看，就能看出**「現在我最想寫的是這個，其次必須寫的是這個，另外的這些或許不一定要寫」**。

走到這一步後，剩下的就是實際著手去寫了。練習幾次，習慣之後，或許可以按照以下步驟進行。

①從優先程度高的開始，將想寫的內容條列下來；
②按照列出的條目來寫文章；
③寫過的條目就刪掉。

優先程度高的內容會成為文章的基礎部分，首先打好這部分的基礎，其他的再依序堆疊上去即可。

❺ 一邊寫一邊揣想「如何作結」

偶爾會有人找我商量對未來的迷惘與煩惱。這種時候，我常這麼回答：「請先思考最後想怎麼樣，再從那裡倒推回來如何？」為眼前的事煩惱的人，滿腦子都只有「現在」，但是，重要的往往是「之後」的事。因此，就算未必能順利到達「最後想怎麼樣」的目的地，**若能先設定出「理想中的目的地」，再從那邊倒推回來，以這樣的方式規劃，即使只有大概的方向，至少也能看清該走哪條路**。

寫文章也能套用同樣的理論。儘管已用④的方法判斷出想寫內容的優先順序，可能還是無法順利寫下去（尤其在不熟悉寫作的階段更是如此）。有時即使知道「這裡就是起跑點」，卻不知道從起點如何出發，最後又該抵達何處。

各位或許也曾有過這樣的經驗。「想傳達某事」並試著拚命訴說表達，最後卻只受到情緒左右，陷入「自己一開始究竟想表達什麼？」的迷惘。之所以會這樣，正是因為沒有先想像「終點」。說話也好，寫文章也好，**明確釐清「最後想抵達何處」是非常重要的事。**

如果是說話，說到一半發現自己「情緒太混亂了，必須先整理一下」，還能當場進行修正，寫文章卻沒辦法。在沒有認清終點的狀況下悶著頭寫，有時會走到預期之外的終點。這麼一想，就知道事先決定「理想的終點」有多重要了吧。

只要設定好起點與終點，接下來只要按照④的步驟，將想表達的內容如拼圖般排列組合起來就好。一開始或許會不太順利，但不用擔心，很快就習慣怎麼寫了。

❻不過度雕琢起承轉合及文章架構

打算寫文章的時候，應該也有「一開始就先架構好起承轉合」的人。此外，把這種做法視為寫作基本的論調也很常見。當然，這個說法本身沒有問題，甚至可以說非常正確。不過，前提是要採取「凡事都按照邏輯理論架構進行」的「左腦思考」。

問題是，至少對我來說，那並不是一件簡單的事。或許因為我是重視感覺的「右腦思考派」（也可能單純是我個性的問題），總之，我做事非常不擅長「事先擬定架構」。即使理智明白「最初應該先擬定縝密的架構」，試著去做也總是不順利。嘗試了幾次，還是掌握不到這種方式的竅門。

雖然這樣也帶來不少困擾，但我發現，跟我有同樣問題的人似乎不少。凡事都要試過才知道，如果你也跟我有一樣的問題，或許可以試試我的做法。

我在寫作的時候，不會先架構好起承轉合。**著手寫文章之際，腦中只會先勾勒出起點與終點**。事實上，有時甚至在只看得到起點的狀態下開始寫，一邊寫一邊摸索終點的情形還比較多。說起來和⑤的內容自相矛盾，但事實就是這樣，我也無法否認。

因為在看不到終點的情形下前進，一旦走錯路就會迷失方向。要是迷失方向的話，就得回頭重寫才行了。所以，我每次都寫得忐忑不安。這種寫作方式實在很沒有效率，總是一邊寫一邊擔心「這次不知道會不會順利啊」。

也不是沒想過「為什麼我老是選擇這麼不踏實的方法呢」，但因為只會這種方法，所以也沒辦法。

話雖如此，我從來沒迷失過方向，（即使一路提心吊膽）最後都還是好好走到了終點。這不是只有我才能做到的事，我想，應該每個人都可以。

之所以能夠不迷失方向，順利抵達終點，我想大概是因為，我不時會在每個重要的時機停下來思考「這一瞬間該思考什麼」。追根究柢，在剛開始下筆的階段，有時未必已經明確看出自己「想寫」或「該寫」什麼。事實上，看不出的時候還比較多。話雖如此，不先下筆就永遠寫不出來，只能先試著想**「我現在要開始寫的這篇文章，第一個想傳達給讀者的是什麼」，並將想到的項目化為文字。**

寫完這一項後，再思考「接著該前進到哪裡」，然後再試著化為文字。更進一步後，再思考「那麼，接下來呢？」再次化為文字……像這樣一步一步前進，最後必定會發現「原來如此，原來我是想這樣往下寫的啊。這樣的話，只要從這裡這樣往前，和目的地（終點）連接起來就好了」，像這樣，把整條路徑都看清楚了。同時，你也能實際體會到「原來這就是我在想的事」。到了這個地步就沒什麼好怕了，該做的只有朝最後目標步步邁進。這麼寫著我才發現，這或許就是「步步為營」的要領。

當然，這並不是很有效率的方法，也可能遇到走了一半才發現「不是要走這邊」，非得從頭來過不可的情形。可是，習慣之後，重寫的情形一定會愈來愈少，那些失敗也將成為提昇文筆與理解能力的基礎，只要想成對自己而言是必經的過程就好。所以，我到現在也還會繞著遠路，步步為營，小心翼翼地前進。我深信，這是對用右腦思考的我來說最好的方法。

❼預期會寫得很長的文章，要細細分段

除了煩惱寫不出來之外，另一種可能是想寫的東西太多，腦中呈現混亂擁擠的塞車狀態。能維持在兩者的中間值當然是最理想的狀態，但要做到理想狀態，也不是那麼容易的事。

不管怎麼說，既然**腦中有想寫的東西，就是寫作的好時機**。這種時候別想太多，**把想寫的東西一一從腦中拿出來，一股腦地寫下來吧**。

換個角度來說，這階段的目的是**「把所有想寫的東西從腦中輸出」**，所以不要想得太複雜，也不要擔心太多，只管寫就是了。因為這時如果太講究細節，速度就會慢下來，可能又會寫不出來了。

那麼，當一切都吐出後，重新檢視寫出來的文章，或許會發現一件事。「這篇文章未免也太長了吧？」畢竟是一股腦寫下的東西，難免會出現這種狀況，不過我

現在想指出的，也正是這個問題。

在「想寫出來」、「想表達」的念頭帶領下，文章不知不覺會寫得很長。一股腦地過了頭，想寫的東西接連不斷從腦中冒出，自己只能像速記員一樣把這些內容寫成文章，結果就成了一篇太長的文章了。

其實，一鼓作氣寫完這篇文章雖然很有成就感，但這篇文章還不算真正完成。正因如此，也沒必要在意太長的事，接下來的「推敲」更重要。一股腦寫下的文章裡，一定包括許多不必要的部分，經過「推敲」，將無用的部分刪除，重新編排為一篇「易懂好讀的文章」。

這時有個重點，那就是——**將冗長的文章細細分段**。正因為「這個也想寫」、「那個也想寫」，試圖把所有想法全部寫下來，才會成為沒完沒了的文章。請各位閱讀下面這段文章。

有很多事情想寫的時候，如果放著不管，這個也想寫、那個也想寫的心情急切了起來，很容易在不知不覺中寫成一篇冗長的文章，可是那樣文章裡的資訊量會太龐大。說來理所當然，資訊量愈大讀者愈難理解，所以這時就該轉換一下心情，將原本只有一段的文字細細區分為好幾段。

這段文章裡，「。」只出現兩次。不只如此，更用了七個「，」勉強將眾多資訊擠在同一個句子裡。事實上，這段文章應該可以像下面這樣分成四個小段。

有很多事情想寫的時候，因為「這個也想表達，那個也想表達」，心情不由得急切了起來。因此，文章會在不知不覺中變得冗長，但那樣的文章資訊量顯然太龐大了。資訊量愈大的文章，讀者愈難理解，所以這時必須轉換心情。試著將原本只有一段的文字，細細區分為好幾段吧。

這只是一個例子，但應該能讓各位體會到「將冗長文章細分成小段」的效果了吧？

❽ 跟著自然形成的「流向」走

不先建立太精密的架構，只先試著寫下「最想表達的事」，以此為起點，一點一點將文章串連下去。這已經不只是「步步為營」了，根本就是一邊過河一邊搭橋，每走一步就在腳下放一塊木片，緩緩搭橋前進。這麼看來，這樣的寫作方式效率真是非常差呢。然而，重點也就在這裡。簡單來說，**「效率」不該是寫文章時的優先考量**。

為什麼我這麼說呢？因為**「有效率的寫作方式未必能寫成出色的作品」**。總覺得用重視效率的方式寫作，很難寫出有魅力的文章。因為那不就是把效率看得比讀者還重嗎？這樣應該寫不出人性化的文章吧。

真要說起來，人類做的事大多沒效率，搞砸的也很多。正因如此，才有「人的味道」。想在這樣的人類作為裡追求效率本就是強人所難，更別說執著效率只會離自己真正想表達的事愈來愈遠。結果就是寫出沒有魅力的文章。

一邊搭橋一邊戰戰兢兢前進寫成的文章，總散發一股難以言喻的風味。讀者一定也會感覺到「儘管文章寫得未必漂亮，卻展現了作者的個人風味，讓人討厭不起來」。

這麼寫或許有點抽象，但我真的認為文章就是這樣的東西。與其講究文筆優劣，更要緊的是有沒有自己的味道（包括文筆拙劣的部分在內）。比起太過嚴密的架構，令人捏一把冷汗的步步為營，或許更能醞釀出獨特的風味。

寫文章的時候，大家一定都希望趕快抓住流暢的手感，毫無滯礙地往下寫。這或許就是很多人傾向先做好起承轉合架構的原因。可是，想抓住流暢的手感有很多方法，**跟著自然形成的「流向」走也是一種方法**。

我這種「每走一步就在腳下放一塊木片，緩緩搭橋前進」的方法確實沒效率又沒把握。無法預料接下來會發生什麼事的感覺，也讓人處於緊張狀態。要是木片的位置沒放準，整個人掉入河中更是有可能的事。

掉進河裡不在原本的計畫中，說不定還會因此溺水，正常來說是很可怕的事。然而，在寫文章這件事上，有時掉進河裡剛好可以「順流而下」，反而形成「歪打正著」的結果。

這裡說的「歪打正著」，指的是「要不是不小心這麼做了，就不可能發現會這樣」的事。**正因為沒有事事按照原訂計畫進行，發生了超乎預期的事態，才會冒出原本想都想不到的創意或表現手法**。以結果來說，可能因此寫成了一篇有趣的文章。

換言之，就算不先做好縝密的架構，前方的道路也不會封閉，說不定反而還能發現意外的收穫。

「追求效率」不是寫作的目標

❾ 加入「不準確」的點綴

音樂，尤其是重視「節奏」的節奏藍調等黑人音樂中，刻意做出「不準確的拍子」是不可或缺的元素。節奏基本上從演奏中產生，而演奏的又是活生生的人類，難免產生稍微對不上節拍的「不準確」。實際上，將一九七〇年代的舞曲放入數位器材播放時，也往往會出現微妙的掉拍。

可是，這種不準確性正是「活生生的音樂」可貴的部分。因為這「稍微不準確的節奏」正好對上了聽眾體內「稍微不準確的節奏」，誕生出另一種舒適的聽覺感受。

這麼說起來，我想起以前紐約一個叫「武當幫」（Wu-Tang Clan）的嘻哈樂團來日本時，我曾訪問過其中一位名叫RZA的團員。RZA是樂團的製作人，樂曲的節奏都出自他之手，飯店房間裡放滿他帶來的各種音樂器材。他讓我聽了許多音軌，其中印象最深刻的，就是那些樂曲的節奏常出現半拍甚至一拍的不準確。

帶來的器材都是數位器材，只要按一個按鈕，應該馬上就能調整為正確的節奏才對。可是，他故意做出了那些微妙的「落差」。事實上不只RZA，很多音樂創作者都會這麼做，由此可知，不準確的節奏「落差」確實有某種「力量」。

認真說起來，**人類本來就是一種不穩定的生物。對這樣的人類而言，象徵不穩定的「節奏落差」自然能帶來令人心曠神怡的聽覺感受。**而我認為，同樣的道理也能套用在寫作上。當然，用「正確的詞彙」寫「正確的句子」是基本中的基本，只是刻意加上的「不準確性」，卻也能為文章帶來某些特殊的味道。

舉例來說，我在提到之前發生的事時，會刻意使用「前些天」的表現方式。大家當然都知道「前些天」是「前幾天」的口語表現，換句話說，正確的用法應該是「前幾天」。寫成「前些天」，確實少了那麼點文字上的準確度。然而，文章談論的如果是輕鬆隨興的內容，比起「前幾天」，用「前些天啊～」當開場白，對讀者和自己而言更有親近感。

換成各種重要人物齊聚一堂，瀰漫一股緊張氣氛的會議場合，說出「前些天啊～」就太失禮了，說不定還會把場面搞砸。可是，跟關係比較親近的人說話的時候，「前些天啊～」一定比「前幾天」更能緩和緊張的氣氛。

當然，我只是舉個例子，想表達的是**運用「不準確」的表現方式，有時能為文章增添一點親近感**。此外，懂得善用這些表現方式後，寫文章對你來說就會變成更加有趣的事了。

對了，倒數第四段文字中我用了「少了那麼點」的表現方式，這當然也是一種「不準確」。比起正確的「少了一點」，「少了那麼點」更有隨性輕鬆的感覺（這樣說是誇大了那麼點啦）。

讀者會從「微妙的不準確」中
感受到文章的魅力

正確的句子、正確的詞彙
雖然好讀……

加入一點「不準確」的話……

❿ 提及「我」的時機必須小心謹慎

彷彿高喊著「看我！」「看我！」，像這樣熱愛展現自我的人到處都有呢。可是，自我意識過剩其實正是沒有自信的表現。因為沒有自信，才會拚命想要別人「理解我！」。只是，看在他人眼中，那些根本一點也不重要。因此，**過度展現「自我」的文章看起來會很丟臉**。

別看我寫得一副很了不起的樣子，關於這件事，從前我也曾失敗過。已經是幾十年前的事了，我為某本雜誌寫稿，總編拿著我的稿子其中一部分，若無其事地指出缺點：

「這篇文章裡提到『我』的地方，令人看了不太舒服。」

雖然他只是笑著這麼說，但也正因如此，這麼簡單的一句話始終在我心中迴盪不去。

在那之前，我一直都為音樂雜誌撰寫實名稿（用自己的名字發表文章）。因此，主詞用「我」也毫無問題。甚至應該說，正因為是實名稿，更應該這麼做。相較之下，為後來這本雜誌寫稿時，我只是好幾個寫手中的一個，「印南敦史」的名字也不是讀者想看的重點。當然，文章最後還是會列上撰稿人的名字，只是音樂雜誌和一般雜誌要求的原稿種類不一樣。

不是說不能在文章裡提到「我」，只是「提到的時機」和「頻率」很重要。反過來說，要是不懂得這個道理，文章就會在不知不覺中變成「自我意識過剩大會」了。所以，那次寶貴的經驗使我學會了「知恥」。正因有過那次失敗，我才懂得思考關於自我意識的問題。

話雖如此，倒也不是說只有實名稿才寫得出有趣的文章。「自我意識」過剩的文章固然無趣，仍有其他將文章變有趣的方法。

重點在於**「要有自己的風格」**。就算不署名，只要在被交付的工作範圍內寫出具有自己個人風格的文章，這篇文章帶來的成就感也不亞於實名稿。

「自我風格」有很多種，這裡無法提供「只要在哪裡怎麼做就能展現自我風格」的訣竅。所以，**唯一的方法就是不斷地寫，要是可以的話，還要開心地寫**。這麼一來，漸漸就能找出自己的風格了。

思考展現「自我」的時機與頻率

文章裡太常出現「我」
會形成很難看的文章。

只在重要的地方
寫出「我」的事，
就能傳達自我風格。

開心、持續地寫，
慢慢就能明白
該在什麼時機、以何種頻率
寫出「我」的事。

⓫ 寫完之後不馬上擱筆，要再反覆推敲

文章寫完後，只要感覺到一點成就感，就會想馬上大喊「好！這樣就完成了！」。千辛萬苦寫了一篇文章，會想要趕緊結束手頭的工作，喝杯啤酒休息一下，這也是人之常情。

可惜的是，我必須說這篇「剛寫完的文章」其實尚未「完成」。只要回頭重讀一下，就會發現前後理論不一致或錯字、漏字的狀況。**這就是為什麼，寫完之後一定要再「反覆推敲」**。

「推敲」什麼呢？比方說「這裡的這個用詞是否恰當？」、「這種描述方式有沒有問題？」一邊思考這些事，一邊**精鍊文章**。說得簡單一點，或許只是「從頭再讀一次」，不過，我個人會把推敲解釋得比「從頭再讀一次」更重要。「精鍊」的意義就是這麼重要。所以，這個推敲的過程其實還滿消耗能量的呢。

此外，這個過程也適用於寫任何文章的人。比方說，現在你手頭有一份非寫不可的企劃書，寫完之後一樣必須再反覆推敲內容。要是偷懶不做，文章就無法精鍊，導致內容鬆散。更何況，要是錯字漏字太多，還可能**失去看這份企劃書的人對你的信賴**。因此，寫作的人必須為文章負責到最後一刻。

用登山來比喻，剛寫完的階段就像爬到山的中段，雖然可先在山中小屋稍事休息，但仍必須繼續完成爬上山頂的目標。只要能「爬到文章的山頂」，一定能感受到無可取代的成就感與充實滋味。同時，還沒爬到山頂之前，絕對不能把文章交給讀者。

別看我寫得義正詞嚴，要是不經鞭策，我也是忍不住就想「趕快結束」的那種懶人。個性本來就粗線條，寫完之後更是滿腦子只剩下冰箱裡的啤酒。可是，這時我還是會提醒自己「不能就這麼放鬆」，激勵自己繼續進行反覆的推敲。

⓬ 隔天早上重讀一次，就能看見「不需要」和「不足」的地方

對事物太投入的時候，視野會在不知不覺中變得狹隘，陷入「搞不清楚實際情形」的狀態。

一旦陷入「搞不清楚實際情形」的狀態，建議最好暫時放開手上的文章。事實上，職場實用書之類的書上也會寫「工作遇到瓶頸的時候，最好試著動動身體或喝喝咖啡，轉換一下心情」。只是，在寫文章這件事上，我認為更有效的方法是「沉澱一個晚上」。**只要完全中斷，必然能重拾冷靜**。

這時該做的，是忘掉今天剛寫完的那篇文章，去好好睡一覺。隔天早上起來，再從頭讀一次。趁頭腦清醒的時候重讀，從原本覺得自己寫得「挺不錯」的文章裡找到矛盾或問題的可能性更大。或者，前一天自認為「寫得真棒」的句子，隔天再看也可能感覺有點難為情。**「沉澱一個晚上」，就能讓我們看到前一天難以察覺的**

問題。

夜深人靜時寫的情書，隔天早上拿起來一看，忽然覺得寫得太肉麻太噁心了——青春期有過這種經驗的人應該不少吧。同樣的，寫文章也會因為太專注而使眼前視野變得狹隘。這就是為什麼隔天重新確認時，往往更能找出「這太過頭了」或「這太失控了」，而前一天卻沒有發現的地方。

承認自己丟臉的部分，感覺真的很羞恥。但反正也不會被誰看見，請試試先把寫完的文章擱置一個晚上，隔天早上再以沒有預設立場的狀態重讀一次吧。這時，一定能察覺某些先前察覺不到的事。

反過來說，如果依然對文章感到滿意，就表示這篇文章不用修改，也很不錯啊。

⓭ 無論如何都要持續每天寫

想成為能寫的人，不管怎麼說，一定要持續每天寫。養成寫作習慣是唯一的方法。話雖如此，其實我們每天早就在各種狀況下，非出自義務地寫著各種文章了，只是自己沒有注意到而已。

舉例來說，應該不少人的職場每天都有寫工作日誌的義務吧。此外，會議企劃書、簽呈等也是日常生活中經常需要寫的文件。這些確實都是工作的一部分，但也無法否認它們都是文章的事實。

或者，應該也有人習慣每天寫部落格或在社群網站上發文。或許自己不認為這是在「寫文章」，但寫下的內容無疑也是文章。

換句話說，我們早在下意識中隨時寫著各種文章了。因此——

- 請重新體認自己「確實有在寫」的事實。
- 企劃書也好，社群網站貼文也好，從現在開始養成思考「該怎麼寫才能更有效傳達給讀者」的習慣。
- 把思考所得的感想或方法，落實在下次寫文章的時候。
- 寫好（發文）之後，從頭再讀一次，確認有沒有需要反省的毛病。
- 目標是下次寫文章時不要再犯一樣的毛病。

重要的是，去執行以上這幾點。這麼一來，自然能提高寫作的意願，文章也會愈寫愈好。

將寫作帶進日常的三個訣竅

如何培養不用勉強自己也能養成的寫作習慣

「培養寫作習慣」聽起來或許像是某種「非做不可的義務」，也難怪會令人產生抗拒或排斥的感覺。其實培養寫作習慣一點都不難也不痛苦。因為「書寫」本來就是我們日常生活中的行為，和「說話」、「觀看」或「聆聽」是一樣的習慣。只要這麼想，壓力就沒那麼大了吧。

必須做到的是對日常生活中各式各樣「書寫行為」有所自覺，培養能夠客觀判斷自己文章好壞的眼力，持續一點一滴提高寫作品質的行動……看我寫了這麼多，是不是又開始覺得困難了？不過，說得簡單一點，只要**把寫作視為「日常」**即可。和走過走廊或打開窗戶的難度差不多。

以下想介紹三種或許能幫助你建立寫作習慣的小道具，都是過去我親身試驗過的。雖然未必對所有人都有效，總能作為一些參考。

❶用「瞬間筆記」記錄靈感、創意點子、行動及心情

在家放鬆休息時，腦中忽然浮現與工作相關的點子。「要是可以的話，在家的時候其實想忘掉工作的事……」這種心情也不是不能理解，可是點子既然都浮現了，為了不讓靈感跑掉，也只能好好面對。畢竟，要重現一閃而過的靈光是很困難的事。

這時，若有養成「寫作習慣」，就能有效派上用場。簡單來說，就是**當腦中閃過「就是這個！」的靈感，或是看到某些「得把這記住才行」的東西時，瞬間記錄下來的習慣。**

我把這稱為「瞬間筆記」。只寫下隻字片語或幾句話也沒關係，總之就是要把瞬間閃過腦海的靈光用文字的形式留下。

為此，最好事先在常用的客廳茶几、書房書桌或床頭櫃等伸手可及的地方擺上便條紙和筆。這麼一來，想到什麼隨時都能寫下。

順帶一提，寫「瞬間筆記」時，比起筆記本，便條紙使用起來更方便。如果使用筆記本，在開始寫下什麼之前，還得先多一個「翻開筆記本找尋可寫頁面」的動作。換做是便條紙，一拿起來立刻就能寫了。

也許有人會說「翻個筆記本根本花不了多少時間吧」，事實上只要試過就知道，多出來的這麼一個步驟，往往會令人打消寫筆記的念頭。相較之下，會發現「隨手就能寫」的便條紙有多方便。

話雖如此，人在外面時又得另當別論。像是上下班途中，無論打開筆記或從包包裡拿出便條紙都很麻煩。這種時候，我通常使用智慧型手機的備忘錄應用程式來記錄。**工具不是重點，「記錄下來」才是最重要的事。**

只是，不管寫在便條紙還是打在手機備忘錄中，這些「瞬間筆記」可不是寫下就好。寫下來「之後」的事才是真正的重頭戲。**每天晚上就寢前，最好花個十分鐘時間，把當天留下的「瞬間筆記」集結成文章。**

比方說，這天留下的「瞬間筆記」，用「在星巴克喝密斯朵咖啡」、「開會差點遲到 捏冷汗」、「〇〇先生」、「回程有得坐」等隻字片語記錄下當天的事。

晚上就寢前，集結成這樣一篇文章。

> 下午，第一個會議和第二個會議中間的時間，去星巴克休息了一下。點了密斯朵咖啡，出乎預料的好喝，將疲憊一掃而空，感覺徹底放鬆了。這杯咖啡的性價比真不錯。不過，也因為太放鬆，差點錯過和○○先生開會的時間，急急忙忙趕過去，幸好在最後一刻趕上，捏了一把冷汗。○○先生一看到我就笑著說：「看你上氣不接下氣，是不是用跑的來啊！」老實說，他的笑容拯救了我。○○先生，謝謝你。開完會不進公司直接回家，因為時間比平常早了一點，搭電車還有位子可坐。明天也要好好加油。

用瞬間筆記完成了這樣一篇文章。或許內容沒太大意義，只要每天持續這樣練習寫十分鐘，肯定能養成寫文章的習慣。

❷用「流水帳日記」寫下發生的事

想寫日記卻持續不久，原因大概是下意識想太多了吧。「要寫就要好好寫」、「要設定好起承轉合」、「文章的高潮要落在哪裡」……等等。

問題是，日記又不是寫來給別人看的東西。雖然也有些日記是特地寫給別人看的，不過基本上，日記應該只為自己而寫就好。這麼一想就該明白，「好好寫」或「起承轉合」都不需要，更不必在文章中製造「高潮」。

簡單來說，**日記的內容只要能讓自己日後翻看時，記起當天發生過什麼事就好**。也不需要像小說或戲劇那樣鋪陳故事情節。

此外，寫日記還有一個關卡，就是「當下自己內心想法與感受」要怎麼寫的問題。一旦開始思考這個問題，下筆的手往往會停下來，相信很多人都有這樣的經驗。的確，如果寫的是對外發表的文章，闡述自己內心的想法與感受就有很大的意義。可是，日記充其量只是寫給自己看的文章，或許**無須寫太多自己的想法和感受**。

基於這個看法，我想建議大家的是「流水帳日記」。**不帶多餘感情，只要平淡地將當天發生的事記錄下來就好。**

早上，吃穀片配咖啡。來不及看晨間連續劇。
通勤時，在△△車站看見□□的背影。在Kiosk買□香糖。
上午很忙。中午只吃7-11的飯糰，坐在辦公桌旁配茶吃。
下午到傍晚悠閒度過。
回家路上繞去無印買東西。又遇到了□□。
八點回到家。喝啤酒，吃晚餐。
看Netflix上的電影《濃情錄音帶》。
明天十點開始開會。

簡單來說，這就是一整天的行動紀錄。光是寫下這些，就能將「書寫」這件事養成習慣。此外，若能和「瞬間筆記」一樣，**利用睡前十分鐘時間組織成一篇文章，效果應該會更高。**

早上一如往常吃穀片喝咖啡。因為有點睡過頭，來不及看晨間連續劇，真後悔。

通勤時，在△△車站看見□□的背影。本想叫住他，一方面彼此之間有段距離，再者，想想反正等一下在公司就能見面，就沒開口了。想著這些事時，正好去Kiosk買口香糖，差點忘了付錢，真丟臉。

上午忙到不行，午休時間到了，連去買午餐的時間都沒有。聽到A說要去便利商店，就請他幫忙買兩個飯糰。A幫我選了鮪魚美乃滋和紅鮭口味，向他道謝後，坐在辦公桌旁配茶吃了午餐。雖然好吃，總覺得有吃跟沒吃一樣。

下午比較悠哉，一直到傍晚都沒什麼事。也沒加很久的班，回家路上就繞去無印良品，買了筆記本和筆。其實並不特別缺，只是靠買東西消除壓力而已。站在結帳櫃台前排隊時，發現排在我前面兩個的人是□□。今天跟□□真有緣。

八點回到家，一邊喝啤酒一邊吃晚餐。好像很久沒這樣和家人閒聊了。吃過飯，在Netflix上看了名叫《濃情錄音帶》的美國電影。裡面竟然出現日本樂團THE BLUE HEARTS的樂曲「Linda Linda」，嚇了我一跳。

明天早上十點就要開會，加油吧。

像這樣，即使是只寫下發生了什麼事的「流水帳日記」，還是能摻雜一些內心的想法或情緒，集結為一篇文章。漸漸習慣之後，或許可以加入更豐富的情景描寫，讓文章更有立體感。

無論如何，養成這小小的習慣後，寫文章的能力肯定會進步。這麼一來，也會更期待一天中做的這最後一件事，從中感受到更多樂趣。

❸用「謄寫專欄文章」學習專業人士的寫作方法

我有訂閱報紙，有時會謄寫報上的社論專欄文章。一開始，只是因為認為自己還有很多知識不足，想透過讀報來提高自己的理解能力。實際謄寫之後才發現多了另外一個收穫。原來，**養成謄寫的習慣，自己寫文章的能力也會進步**。這應該是個對任何人都有效的方法。因為「謄寫專欄」在我身上確實發揮了功效，在此推薦大家試試看。

以社論來說，長的頂多一千字，相當於兩張半的四百字稿紙。另外，像《朝日新聞》的「天聲人語」專欄，常被認為對大學入學考的作文很有幫助，長度也不長，只有六百字左右。還有其他很多五百字左右的專欄，謄寫起來費不了多少工夫。而且，保證一定能提高寫作的能力。

另外，如果想提高寫作能力，我認為謄寫字數不多的專欄效果最好。冗長的文章寫起來其實很簡單，在有限字數內寫出簡潔有力，有頭有尾的文章才考驗真本事。換句話說，謄寫文字精簡的專欄文章，掌握作者的寫作技巧後，哪天就能應用在自己寫的文章上了。

- **文章開頭的訣竅**
- **話題的走向**
- **轉換話題的技巧**
- **總結文章的方式**

大致上來說，謄寫專欄文章至少能獲得這些技巧。一篇文章開頭必須寫得有趣才能吸引讀者，但這往往不容易做到。因此，藉由大量謄寫專業作家的專欄文章，可學習人家開頭的寫作方式，慢慢培養自己寫出有趣開頭的能力。

謄寫時的重點是，**選擇自己認為「很不錯」、「真棒」、「具有魅力」的專業寫作者**。找到吸引自己的寫作者，向對方學習，才能吸收自己認為有魅力的優點。

注意！容易使讀者疲憊的七種缺點

❶使用太多「無謂修飾」與「贅述」

想傳達的心情愈強烈，文章裡的資訊量就會愈多。簡單來說，就是加入了太多「無謂的修飾」。然而，**文章無論如何都應該以「簡潔」為目標。刪除多餘，才能傳達出真正想表達的事**。順帶一提，網路新聞的標題經常過度誇飾，那是為了吸引讀者點閱，不能拿來參考。

〈壞的例子〉

網路排名永遠名列前茅，廣受矚目的拉麵店「○○○」，其中叉燒麵更是好吃到教人忍不住發出驚呼！吃到如此驚人的美味，震驚得差點從椅子上摔下來。該怎麼說才好呢，就像驚愕與感動一起湧上來，好吃得都要掉淚了！

〈好的例子〉

拉麵店「○○○」的叉燒麵確實美味。湯頭清爽，和麵條形成絕妙搭配。當然，燉煮得軟爛的叉燒也好吃得無話可說。難怪總是在網路排行榜上名列前茅，這滋味果然值得認同。

前者單純只是情緒的堆疊，該傳達的東西都沒傳達。相較之下，後者的文章清楚地表達了「為什麼好吃」和「好吃的是什麼」。

❷使用太多「艱澀漢字」或「複雜修辭」

在文章裡使用許多「艱澀漢字成語」或「複雜修辭」是很簡單的事。不只如此，使用這樣的文字還會覺得自己有點高大上。這話聽起來酸溜溜的，其實我自己也做過這種事。所以我敢斷言，那樣寫成的文章不但不高大上，事實上還很遜。

舉個例子來說吧。日文裡有「魑魅魍魎跳梁跋扈」的句子，這句話的原意是「潛藏於自然界裡的妖魔鬼怪擅自四竄」，後來用為比喻「利慾薰心的可疑或可怕人物擅自妄為」。不過，日常生活中幾乎不會使用這種句子吧。與其說「魑魅魍魎跳梁跋扈」，不如直接說「一群居心可疑的人做著無法無天的事」，還比較容易傳達正確的意思。

同樣的，與其寫成語「曖昧模糊」，不如直白地寫「模糊不清」。另一個成語

「頑迷固陋」也同樣可以用更白話的「視野狹隘，過度主觀」來取代吧？稍微思考一下就能明白，頻繁使用艱澀漢字或罕見成語，只會使溝通更不順暢。

另外，也要注意**別過度濫用成語**。比方說，有些人動不動就在改變話題時使用「閑話休題」（譯注：日文中的四字成語，意同「閒話休提」、「言歸正傳」）。可是，太常用這個成語，只會暴露自己沒有其他可以轉換話題的技巧。

❸使用太多沒必要的「!」「?」

老實說，關於這一點，我實在沒資格高高在上地指導別人。例如寫電子郵件或在社群網站發文時，自己也常未經深思便使用了驚嘆號「!」。因為比起單純的「謝謝。」，總覺得「謝謝!」更能將「感謝之情」表達出來。

隨著網路、電子郵件和社群網站的發展，人們的表達方式也有所改變，愈來愈常使用「!」或「?」等符號，似乎是難以避免的事。話雖如此，我還是會提醒自己盡量少用比較好。

除了驚嘆號，問號「?」在使用上還有個非常麻煩的地方。問號本來該用在疑問句的句尾，現在網路上卻經常看到把「?」用來表示語尾上揚的發音。例如「關於這點我是這麼覺得的喔」這句話，以口頭表達時，語尾通常會上揚。大概是受到這樣的影響，寫成文章時為了表達上揚的語氣，很多人會寫成「關於這點我是這麼覺得的喔？」

然而，不管怎麼說，**問號都是用來表示疑問句的標點符號，不該當成用來表示上揚語氣的發音符號。**因此，還是小心注意不要這麼使用比較好。

❹過度「談論自己」會成為文章裡的雜音

寫文章的時候，有時會在不知不覺中過度「談論自己」。無論是主動寫還是接到指示才寫的文章，寫的人或多或少都會有「寫的人是我」的念頭。這麼一來，文章裡難免就會跑出「自我意識」，這是非常自然的事。

事實上，我心中也有「想談論自己的欲望」，應該大家都是如此。至少可以肯定的是，**「談論自己」這件事本身並沒有錯，問題在於「場合」和「頻率」**。

這裡說的「場合」，是指發表文章的媒體。例如在個人部落格或note（譯注：成立於二〇一四年的社群網站）等網路媒體上，就可毫無顧忌地大談自己的事。因為這類媒體本就以個人為主體，前來閱讀文章的讀者也理解這一點。

但是，當發表文章的「場合」變成「以不特定多數讀者為對象的平面媒體或網路新聞上的專欄」時，**寫作者過度談論自己，會成為文章裡的雜音，造成讀者閱**

讀上的阻礙。這是因為，對讀者而言，寫作者（尤其是名不見經傳的寫作者）是誰「一點也不重要」。

舉新聞媒體為例，讀者想在這裡讀到的是「資訊」。若寫作者過度展現自我，提及自己的內容比讀者所需的資訊還多，只會被讀者質疑「你這傢伙誰啊？」的下場。因為根本沒有讀者想看這個。

想談論自己時，必須先思考**「在這裡發表這種文章適合嗎？」以及「容許談論自己的比例有多少？」**

❺負面要素過多

每個人活著，多少都會懷抱不安及不滿。若放著不管，這些不安與不滿將下意識地化為抱怨、壓力和壞話，寫文章時也會在不知不覺中寫下太多否定、負面的文字（我自己就曾有過這種失敗經驗）。

事實上，只要去Twitter之類的社群網站走一遭，應該有很高機率能看到偏激負面的言論吧。看到那些言論，難道不覺得心情有點糟嗎？或許有些譏諷的言語能逗笑人或引起共鳴，**但當負面要素過多時，讀者只會想離這種文章遠一點**。

如果把寫作比喻為烹飪，少許負面言論還可以說是辛香料。但是，辛香料要是放得太多，可是會太刺激的。就像在披薩上滴幾滴墨西哥辣醬能刺激味蕾，把披薩襯托得更美味，要是把整瓶辣醬都倒下去，只會讓披薩變得軟爛，味道也會太辣，除了「吃辣冠軍」，大概沒人想吃這種東西。

同樣的，加入文章中的要素是否適量，也會影響整篇文章的狀態。因此，寫作者**必須懂得調整文章中的負面要素**，「加到這種程度還能視為刺激，再多就會變成毒藥了」。我自己過去就曾犯過淋下太多墨西哥辣醬的失敗，所以強烈地想提醒各位這件事。

光是要在文章中寫下負面事物，就得抱持一定的決心與顧慮，而且無法保證效果一定好。就這層意義來說，或許最好還是別在文章裡加入無謂的負面要素。

❻ 太常用名詞或代名詞作為句尾，會使文章過於幼稚

※本節指的是日語文法中的狀況，與中文較無關聯。

寫文章的時候，總忍不住會想用名詞或代名詞作為句尾。這在日語中稱為「止於體言」，指的是用名詞或代名詞等「體言」作結的技巧。舉例來說，「明天有聚餐要舉行」，以「止於體言」的方式來寫，就會變成「明天聚餐」。從字面上即可看得出來，這種寫法比一般寫法多了種「停頓」感，或許也給人一種冷淡的耍酷感。

除了比一般寫法更簡潔之外，這種「停頓」帶來的節奏感，大概也造成了某種影響吧。以結果來說，「止於體言」的寫法令文章增添了幾分魅力。

話雖如此，如果**太常使用這種寫法，讀者也很容易看穿寫作者的目的**。就算寫作者並非刻意，讀者說不定也會認為「這個作者在耍酷」。此外，由於「止於體

言」的寫法偏向口語，**一篇文章裡如果出現太多次，容易給人過於幼稚的印象。**

> 今天一直下雨。這種日子最建議在屋裡看書。問題是近年來讀書人口減少，書賣不好，書出版了沒人看，甚至還有人說書已經是時代的眼淚……那麼，為什麼會變成這樣呢？原因之一大概在於媒體的多元化。除了基本的電視、廣播外，還有網路上的各種社群平台以及各式各樣充滿魅力的新媒體。正因市面上除了書之外還有這麼多的內容娛樂，覺得沒必要讀書的人可能愈來愈多了吧。唉，心情真複雜。這是真心話。

這篇範例或許有點極端，但像這樣過度使用「止於體言」寫法的人其實並不少。要知道，**不是「使用止於體言的寫法會讓文章看起來很酷」，而是「適度使用這種寫法才有效」**，就算要使用，也該好好考慮比例。

❼用片假名矇混帶過

※本節指的是日語文法中的狀況，與中文較無關聯。

「對於您的意見，我表示agree。」這是和某位年輕上班族一起工作時，他回應我的話，聽得我當下驚訝得張大嘴巴。不過實際上，商務現場確實有很多莫名其妙的濫用片假名（多用於外來語、外國人名等）情形。

「有好好分享agenda說服對方了，所以我對這案子有自信。可是，被反駁說沒有evidence，上司也不肯commit。也是啦，畢竟有compliance方面的問題，我也不是不能理解。scheme不夠完善是事實，也不得不承認光靠just idea就go了。可是，結果卻是在與期待不同的地方assign了。即使姑且make sense，老實說我還是無法接受。」

這實在太饒口了吧，也難怪上司「不肯commit」了。

> 「因為有好好分享方針來說服對方，所以我對這案子有自信。可是，上司卻反駁我『有什麼根據？』，還做出『負不起這個責任』的判斷。沒錯，確實可能有法規上的問題，這我也不是不能理解。計畫本身不夠完善是事實，也不得不承認光憑一個想法就推動下去了。可是，結果卻被分派了與期待不同的工作。即使姑且表示同意，老實說我還是無法接受。」

像這樣單純用日文說得清楚易懂，對方也會好好理解吧。雖然只是我個人的感覺，似乎愈缺乏社會經驗或人生經驗、愈沒自信的人，愈容易超乎必要地使用片假名。換句話說，這是一種自卑感的表現。既然如此，**就別再用那些表面詞彙矇混帶過，應該期許自己在人生路上有更多成長進步才對。**

第 3 章 總結

❶ 具體想像「這篇文章會在哪裡被讀到？」「被怎樣的人讀到？」「這篇文章為了什麼而寫？」
❷ 想寫的事太多時，先把所有想到的都寫下來，決定優先順序。
❸ 腦中先有理想的終點，再從那裡倒推回來，就能看清該走的路。
❹ 只要已想出起跑點與終點，就能一鼓作氣開始寫。
❺ 提高效率不是寫作的目標，要找到「自己想寫什麼」再往前進。
❻ 在文章裡提到「我」時，得注意時機與頻率。
❼ 即使一心「想寫」、「想表達」，也不要急著寫。
❽ 寫完之後，讓文章「沉澱一個晚上」，隔天早上再篩出不需要的部分。
❾ 用「瞬間筆記」、「流水帳日記」和「謄寫專欄文章」，讓寫作成為日常生活的一部分。
❿ 為了不讓讀者厭倦，寫作時要選擇最適當的表達方法。

寫作時，請不要忘了讀者的存在。該怎麼寫，才能把自己的想法傳達給閱讀的人？要怎麼做，才能打動讀者的心？透過這樣的自問自答，文章就能得到梳理。光是提醒自己「文章是會被閱讀的」，寫作時的表現手法就會不斷有所變化。

第4章

十年來每天寫作的我「持續書寫」的祕訣

有「動力」就能持續書寫

「非寫不可」的狀況，能提高寫作的「動力」

有「非寫不可」的原因，煩惱著該怎麼寫才好，卻不知不覺陷入「寫不出來」的狀況……說來困擾，這是常有的事。

即使是每天持續寫作的我，也會遇到這樣的問題。我喜歡寫，也覺得自己擅長寫。可是，就算這樣，還是有寫不出自己想要的東西或提不勁寫作的時候。正因如此，我自認能充分理解許多人說「寫不出來好痛苦」的那種感覺。

話雖如此，我從來沒有把自己逼上「再也不想寫了！」的走投無路精神狀態。

或許應該說，為了避免成為那樣，我**隨時都「掌控著自己的精神狀態」**。

我是以寫作為職業的人。因此，要是用負面理由拒絕寫作，就會變成不負責任的行為。要是真的做了那樣的事，我不但會失去業主的信任，不再有穩定收入，也會無法再以寫作維生。這是我絕對想避免的事。因此，我認為自己至少必須做點努力才行。

同樣的想法，換成其他任何職業也應該適用吧。比方說，一個業務員要是喊著「恨死做業務了！」把工作丟著不管，他將無法再繼續業務員這份職業。如果不想失去這份工作，只能思考讓自己輕鬆繼續下去的方法了。應該說非想出來不可。

換句話說，要去找出對自己而言「更好的工作方式」，並加以實踐。不管怎麼說，那就是讓自己繼續下去最好的方法。

我只是剛好以寫文章為工作罷了。所以，為了繼續這份工作，我**思考著「該怎麼做才能寫得更舒服」，並把那養成習慣，每天都保持著高度的寫作意願**。

可是，這絕對不是一件辛苦的事，其中也有讓人感覺愉悅的地方。找出「更好的工作方式」並加以實踐，和玩RPG遊戲有共通的樂趣。「先做這個，等這個結束了再做那個」，像一一破關一樣完成一件件工作的快感，無疑能夠幫助我維持做這份工作的意願。

因為，**「只要動手去做，就一定會有做完的時候」**。就是這麼簡單。

看似理所當然，其實這是非常重要的概念。舉例來說，假設眼前有五件「非做不可的工作」，這時如果不做，現狀就會永遠維持。可是，只要完成一件，五件就變成四件，再完成一件就剩下三件、兩件、最後一件……就像這樣，有待克服的關卡紮紮實實地減少。這是非常痛快，也很重要的事。

例如我在寫這篇文章的時候，每天都有非截不可的原稿。平日每天都要交稿給「Lifehacker」網站，另外還有其他地方的連載，週一、週二、週四和週六各有一篇文章等著我完成。此外，雖然沒有規定星期幾交稿，每個月還有另外兩篇非寫不可

（而且不太容易寫）的連載，另外還有大約三篇的不定期連載。簡單計算下來，每個月我必須交出四十篇原稿。

回過神時，我已經這樣生活十年，也習慣得差不多了。即使如此，偶爾還是會有覺得「好麻煩啊」的時候。不過，要是不想做，我就得等著失業了。所以，非做不可。

不只如此，抱著消極的心情去做就沒有意義。正因我想好好持續這份工作，思考如何讓自己寫得更開心不是很正常的事嗎。實際上，我也真的**創造了「讓自己舒適寫作的狀態」，各項工作因此變得順利起來**。

我本來就是埋頭苦幹型的人，看到眼前堆積如山的工作一點一滴完成而減少時，就會湧現更多的工作動力。當工作意願因而提高，面對下一個工作時又更有幹勁了。就這樣一個又一個做下去，即使原本覺得麻煩的事，也意外順利地進行。

照這麼看來，或許可以說一切「端看自己怎麼想」。如果自己只是一味覺得「好痛苦」、「好麻煩」，工作就會停滯不前，不會有更多進展。可是，若能找到對自己負擔較小的做法，腳踏實地一點一點做下去，通常都會比預期進行得更順利。

正因我如此確信，在**面對眾人容易消極以對的「非寫不可的狀況」時，為了提高工作動力，我認為更要懷著開心、享受的心情去寫**。而且，只要能夠這麼想，就一定會實現。

找出「無法不寫」的衝動

有時也會發生明明有想寫的心情，卻「不知為何寫不出來……」的狀態。不只如此，這種「想寫卻寫不出來」的狀態，比工作上被要求非寫不可的情形更令人難受，畢竟內心是「想寫」的啊！

可是，只要是寫作的人，都無法完全避免這種情形發生。就像有人說「藝術家到死都在煩惱如何創作」，不可能有「這樣就沒問題了，我已經達到完美境界了」的事。要是有人這麼想，那可真是大錯特錯。

無論以何種形式創作，只要站在創作者的立場，就永遠不可能擺脫「這樣真的沒問題嗎？」「不、還不夠好」的煩惱。

當然，寫文章的人基本上不是藝術家（用藝術化的方式寫作的人除外）。但是，就算不是藝術家，也有可能撞上「想寫卻寫不出來」或「無法認同自己寫出來的東西」那堵牆。這種時候，就有必要跨越那堵擋在自己眼前的牆。

話雖如此，倒也不用把這件事想得太難。其實只是「跨得過去就有辦法克服的障礙」，簡單來說，跟小學時代運動會的「跨欄障礙賽跑」沒兩樣。**只要持續跨過欄架往前跑，離終點就會愈來愈近**。這不但是事實，而且這麼一想，心情上也比較輕鬆。

那麼，寫不出來時該怎麼做才好呢？面對這個問題，我的答案是「回到初衷」。

只要有「想寫」的念頭，這份念頭的根源就一定存在著某個「動機」。比方說，「當時做出這個判斷，為自己帶來很大的影響」或「正因為非常痛苦，更想將克服時的成就感傳達給讀者」……等等。其他還有很多，總之就是先有這些動機，從而想寫成文章向誰傳達。這個，正是我所說的**「無法不寫的衝動」**。

那充其量只是自己的想法，讀者或許一點也不在乎。即使如此，只要有「無法不寫的衝動」，那就應該寫出來。這不是能博得他人多少共鳴的問題，**即使沒有獲得共鳴的可能，只要覺得自己「無法不寫」，那就該寫。**

懷抱「無法不寫的衝動」寫下來的文章，當然有一定程度的說服力。無論讀者能否接受，文章裡就是透著一股「強悍」。以這樣的心情為軸心寫成的文章，肯定會以某種形式撼動讀者的心。

未必會引起共鳴，也可能招來反感。但是，那樣也沒關係。正因文章強烈地傳達了寫作者的真心，才會引起共鳴或招來反感。反過來說，寫的時候只想著四平八穩就好，成了「顧慮東顧慮西的文章」，即使讀過的人再多，也很難滲入讀者內心深處，只是一篇速食文章罷了。雖然有些場合也需要這樣的文章，在產生「無法不寫的衝動」時，還是應該好好重視自己的心情才是。

寫不出來的時候，請試著回到初衷，想想「是什麼讓我產生無法不寫的衝動？」並將那化為文字。不要一開始就以完美的稿子為目標，抱著「寫不好就重寫一次」的心情去寫寫看。這麼一來，「無法不寫的衝動」絕對會再次發光發熱。

覺得寫不下去時，就先暫停

不管怎麼寫都覺得不對。

這也是常有的事。通常這種時候的應對方法之一，是去做與寫文章完全無關的事，藉此轉換心情。重振心情之後，寫作意願再次提高，有時停滯不前的狀況也可能獲得改善。

麻煩的地方在於，「停滯不前的狀況**也可能**獲得改善」的部分。意思就是，無論如何轉換心情，「停滯不前的狀況也可能無法獲得改善」。既然對轉換心情有所期待，這麼一來，必然會更焦慮地想「為什麼還是無法轉換心情呢？」更糟糕的是，一旦開始焦慮，要拉回正軌就更困難了。即使勉強告訴自己「靠毅力撐過去」，最後或許也只落得徒勞無功的下場。

這種時候，我建議的方法也很簡單，那就是——「放棄」。換句話說，這個方法就是在**「都這麼努力繼續寫了，為什麼還是不順利？」的時候，果斷放棄整篇文章。**

聽我這麼說，或許有人會想「都抱著必死的決心寫到這個地步了，現在放棄的話，先前的努力不都白費了嗎？」可是，現實就是「都抱著必死的決心寫到這個地步了，結果還是寫得不順」。既然如此，那就不是努力能解決的問題。說不定繼續努力下去也只是白白浪費更多時間。

可能也會有人說「好不容易寫了八成，剩下兩成怎麼樣也有辦法寫出來吧？現在放棄太可惜了」。然而，現實不就是為了那「剩下的兩成」怎麼樣都寫不出來而正在苦惱嗎？既然如此，那兩成應該不是「再加把勁就有辦法寫出來」的東西吧。以為「再怎麼樣都有辦法寫出來」的想法才是問題。不只如此，這種情形下，目標多半會在不知不覺中變成「寫完」，反而忽略了內容。這樣豈不是本末倒置了嗎？

遺憾的是，就是會有「再怎麼轉換心情、再怎麼持續努力也寫不下去」的情

況。那麼，為什麼會出現這種情況呢？原因也很簡單。寫到一半的文章裡，一定在什麼地方有你自己也無法認同的問題。而且多數時候，自己連有這個問題都沒察覺。因此，直到最後都無法拂去覺得哪裡不對勁的感覺，不管怎麼寫都卡在中間寫不下去。

思考這個「什麼地方有自己也無法認同的問題」時，我經常得出的結論是——**「自己內心沒有徹底整理好思緒，才會寫出不上不下的內容」**。還以為只要提筆開始寫，總會有辦法寫出什麼來，殊不知連自己的思緒都沒有整理好。這種事其實很常發生。

就是因為在這種不上不下的狀態下開始寫，才會怎麼寫都寫不好。既然如此，就算硬撐下去也只是浪費時間吧？

我不是不明白「好不容易都寫到這裡了……」的心情，但也不能因為這樣就硬撐著繼續寫。因為那很可能只會讓你面臨繼續浪費時間的危機。

感到寫不下去時，試著放棄或許也是一種選擇。

想想有什麼是「想對人說的事」

我手頭的連載中，包括了每週更新一篇的散文。既然是散文，就必須有「話題」，即使今天交了稿，七天後截稿日仍會再度來臨。因此，想不到話題可寫也是常有的事。但是，又不可能拿「這禮拜沒有話題可寫」逃避交稿。就這樣，每隔七天我就得（稍微）煩惱一下該寫什麼才好。畢竟身邊也不可能隨時有話題啊。

所以，我**養成了**從每星期連載截稿日的幾天前，開始**找看看有什麼題材能拿來寫的習慣**。這麼說聽起來好像很厲害，其實根本沒什麼了不起，就只是在日常生活中**隨時拉長天線接收資訊**而已。例如吃飯時，看到什麼就想「那個能拿來當話題嗎？」，或是看電視新聞時，也會試著想像「這件事能拿來寫嗎？」

可是，就是這個小習慣，在寫文章時發揮了重大的作用。因為，只要平常不斷反覆這種尋找的過程，一定能找到「想寫的東西」。不只如此，這麼蒐集來的各種題材都能存進自己的「話題資料庫」。

因此，**如果你也「苦於找不到可寫的東西」**，**我的建議是「試著在日常生活中睜大眼睛」**。舉例來說，搭電車通勤途中看到有趣的招牌，就算還想不到能寫什麼，也姑且先拍下照片。看到路上有穿著打扮時髦的人，就試著記住對方的穿搭細節，說不定什麼時候可以模仿。若對中午跟路邊餐車買的便當感到滿意，吃之前先拍張照片，吃完之後也將感想做個筆記……等等。

好好記住這天發生了什麼「想跟人分享的事」，如有需要也可以記下筆記或拍下照片，存進自己的**「話題資料庫」**。

這樣累積起來的話題，總有一天會派上用場……其實也未必。因為，「之後拿出來再想想，又覺得沒那麼有趣」的情形也不少。即使如此，只要想繼續寫作，把「找話題」這件事培養成習慣還是非常重要。因為持續這麼做，你看事物的「觀點」就會一點一點增加。

昨天還覺得沒什麼想法的招牌，今天經過時，忽然冒出「平常沒多想就走過去了，仔細看看，這塊招牌設計得很有品味」，或是「仔細想想，這個東西滑稽得有點可愛」的念頭。就像這樣，面對原本「理所當然」而「不當一回事」的事物時，價值觀很可能逐漸產生轉變。

這樣的轉變，能夠成為寫作時很大的助力。

- **這個，有趣嗎？**
- **為什麼有趣？**
- **哪裡有趣？**
- **為什麼這個會流行？**
- **哪些人會趕這個流行？**
- **要怎麼做，才能吸引那些人的注意？**
- **追根究柢，這東西真的可愛嗎？**

上面舉的只是其中一個例子，就算只是面對一件小事也要像這樣不斷思考，提出疑問，有時還要抱持懷疑，最後再做出評價。藉由日常生活中的一點小事，**刻意**

去感受、思考那些「平常不用一一感受或思考也無所謂的地方」。最重要的，是要隨時保持這個態度。如果以為「這跟寫作又沒關係」，那可是大錯特錯。這些看似無意義的事物將豐富自己的內在，總有一天，就能從中孕育出強而有力的文章。

（「有趣」或「無聊」由讀者決定）

這已經是很久以前的事了，我認識的一位ＤＪ出了新專輯。他是個才華洋溢的男人，我很喜歡他的音樂品味。新專輯當然也是一張沒話說的好作品，所以我就稱讚了幾句。沒想到，他說了令我有點意外的話：

「那個根本不行，我自己覺得那張作品做失敗了。」

他個性有點彆扭，或者該說是藝術家性格吧。所以，我想他這麼說也可能是出於難為情。不過，那種話還是不該說出口，所以我反駁了他：

「你口中失敗的作品，卻有很多樂迷掏錢出來買，所以你不能講那種話。別的不說，如果有人真心為這張作品感動怎麼辦？對那些人而言，自己花錢買，也認為有價值的作品，卻被你說得一文不值了。這種事絕對很有可能發生，所以你既然已經發行了作品，就不能再說任何否定作品的話。即使心裡那麼想，也不應該說出口。」

聽了我的話，他露出愧疚的表情，但我知道他明白我的意思。後來無論是否引起話題，他依然持續腳踏實地創作和推出新作品，就是最好的證明。

當然不是每個人都一樣，但整體來說，從事創作的人多半對自己的作品特別嚴格，也批評得特別兇。

確實，一旦認為「我已經做得很完美了！」創作者就不會再繼續進步（雖然偶爾會有說這種大話的人），這麼一想，對自己的作品抱持嚴厲批評的眼光或許是一件非常重要的事。

可是，那充其量只是創作者自己的想法。

即使對於已經發表的作品感到後悔，認為「早知道應該～才對」，也不能在花

錢購買的人面前說出這類否定的話。

寫作也一樣。

或者應該說，我個人認為這也是文章有趣且耐人尋味的地方。**有時，作者對文章的評價，和讀者對文章的評價未必會一致。**

我也不認為自己寫的所有文章都很好，甚至每天都在煩惱「寫這樣真的好嗎」（不誇張，這是真的）。所以，有時會無謂地擔心起「哎呀，（自己內心並未完全認同的）那篇稿子就這樣公開了，萬一被讀者臭罵貶低怎麼辦？」

沒想到，自己內心暗自「嫌棄」的文章，刊出之後往往意外廣受好評。所以，當認識的人來稱讚「那篇文章寫得很不錯」，或是在Twitter（現已更名為「X」）上被不認識的人轉推的時候，我都會有點不好意思。當然也很高興就是了啦。

相反的，也曾有過自己充滿自信，以為刊出之後一定會獲得讀者讚賞的文章，結果卻沒什麼人討論。

這種時候，真覺得原先得意洋洋的自己好丟臉。但也由此可知，世人的評價真的是完全無法預測的東西。

最重要的是，**無論「有趣」還是「無聊」，能決定的只有讀者**，作者不該過度評斷。同樣的道理也適用於剛才提到的那位ＤＪ或其他創作者，而我身為寫作者，更深深警惕自己絕對不能忘記這一點。

放下「會寫作的人」=「特別的人」的偏見

職業也好，業餘也好，大家用的都一樣是日語

我每天寫文章，用稿費養家活口。就這層意義而言，或許可稱我為職業作家。可是，前面也說過很多次，我從來不認為自己寫的文章完美，也認為要是在哪個階段滿足了，寫作能力就不會再提昇。自己大概這輩子都會為寫作煩惱，也知道面對這份苦惱是工作的一部分，所以我才能持續地寫。

正因這麼認為，當聽到不是職業作家的人——也就是所謂業餘作家說「自己和職業作家不一樣」，總讓我感到很困惑。原因不用說，當然是因為我認為彼此「沒

有什麼不一樣」。這話絕對不是誇大其詞，我真的這麼覺得。

說起來只要我們都是日本人，無論職業還是業餘，同樣都用日語在寫作。正如世界各國的人們使用他們國家的語言創作一樣。每個人從懂事起就接觸自己的母語，用母語說話，用母語寫作。在這點上，職業或業餘沒什麼不同。「會寫作的人」也不是「特別的人」。

要是你有「因為我不是職業作家，怎麼寫得出好文章」的想法，請現在就把這個想法抹去。至少，如果你想成為會寫文章的人，就千萬不能有這種想法。

更何況，現在是個寫作大門為任何人敞開的時代。以前或許存在著「沒有明說的職業判斷」，說得單純一點就是「只要在報上或雜誌上寫作，就可稱為職業作家」。

可是，如今已不是那樣的時代了，畢竟人人都能在網路上發表自己的文章。從這個角度思考，我們或許不該再拘泥於「職業」或「業餘」。

重要的是有沒有「想寫」的意願。只要有這個，誰都能成為寫作者。

當然，網路上也有很多連業餘作家都稱不上的拙劣文章。另一方面，個人部落格上也經常有無論觀點、切入點或文筆都令人讚嘆「這個人已經有職業水準了呢」的文章。順帶一提，這樣的人往往過不久就出書了。

換句話說，編輯們一直都在找尋具有魅力的文章，不管那是否出於「職業作家」之手。既然如此，不覺得「先寫先贏」嗎？雖然不是真的要分什麼輸贏，但是，只要有一點「想寫」的意願，不妨先試著開個部落格，或是在社群網站上發表文章也可以。無論用哪種形式，只要有寫作意願，就應該持續去寫。

「特意去做」和「養成習慣」，形成了「擅長」與「不擅長」的差距

每個人都有「擅長」與「不擅長」的東西。其中尤其麻煩的，應該是「不擅長」的部分吧。「不擅長做～」的想法容易導向「自己辦不到」的負面思考，在這種思考束縛下，人要成長就很難了。

我現在用「成長」這個字是有原因的。只要有心，人人都可成長。我認為，人類從出生到死亡都在不斷成長。可是，當我這麼一說，卻經常換來別人的取笑。取笑我的人大概是覺得「又不是小孩子了，還整天把成長掛在嘴上……」

然而實際上，**人類應該到死都有成長的可能**。只要有意願，沒什麼辦不到的事。要是無法再成長，那一定是自己沒有成長的意願。不會因為「已經是大人了」就停止成長。無法成長的原因只會是「沒有成長的意願」，或是自己對人生沒有明確的「想法」，甘於維持現狀罷了。

說得誇張一點，**即使不擅長，即使現在還寫不出來，只要一直抱持明確的寫作意願，總有一天一定寫得出來。**這種時候，不可或缺的是「養成習慣」。抱持「想寫文章」的明確想法，化為行動，並將這行動養成習慣。如此一來，絕對培養得出寫文章的能力。

①有「想寫文章」的想法（發現自己內心有想寫文章的心情）。
②為了寫出文章，思考自己能做什麼。
③實踐②想到的事。
④持續實踐。

首先最重要的一點，是要有「想寫文章的想法」。忙碌的生活中，即使隱約懷抱著「想寫」的心情，或許也一直沒有多餘的心力正視這份心。可是，如果繼續這樣下去，當然不會有任何改變。因此，只要多多少少有想寫的心情，走路或搭電車的時候也好，請在日常生活中留意那個「想寫的自己」。

寫到這裡我才想起，還沒成為職業作家前，我就已經常常滿腦子「想寫這個、也想寫那個」了。

只是，光有夢想成不了事。**下一個階段該做的，是思考自己能做什麼，並加以實踐。**

舉例來說，如果認為自己可以寫日記，那就用寫日記的方式實踐。如果決定每天要寫四百字散文，那就這麼做。以我的狀況來說，早在成為樂評之前，每次買唱片或ＣＤ都會自己寫下評論。不用說，那時的舉動對後來的我產生很大的幫助。

最重要的是「持續」。儘管有時也覺得麻煩，但只要持續，慢慢就會習慣寫作，文筆也會在持續中漸漸進步。所以，**不要拿「不擅長」當藉口拒絕，持續秉持「想寫」的明確意願，然後去習慣它吧。**

想成為「享受寫作」的人，「好奇心」不可或缺

我喜歡寫作，某種程度也認同自己的文章，但直到現在仍認為自己「還不夠好」。因此，今後的目標是——去加強「還不夠好」的部分。可是，加強的途中又會出現其他的「還不夠好」。

換句話說，只要持續寫作，只要持續活著，人生就是不斷重複一樣的過程。看我這麼寫好像活得很痛苦，其實不然，這是在享受「寫作的樂趣」。

如果有天忽然被說「好，你已經沒有什麼需要努力克服的障礙了，已經抵達終點了，今後可以輕鬆過日子了」，我一定會瞬間失去活著的意義吧。**正因為有需要克服的障礙，思考該如何克服並加以實行，人生才會活得有樂趣**。所以，就算跨越一個障礙後眼前又出現另一個障礙，我也會心想「看我的！」反而更有幹勁。

追根究柢，在提自己的目標如何如何之前，「寫作」這件事本來就沒有終點。

因為寫作不是數學，沒有唯一的標準答案。讓十個人寫同樣的一件事，會寫出十篇不同的文章。只要寫的人抱持純粹的真心，每一篇文章都是正確答案。寫作就是這樣才有意思。

是的，**寫作沒有正確答案**。當然啦，連日語文法都錯誤百出的文章得要另當別論。但是，只要達到基本的「讓人看得懂」，文章就沒有好壞之分。有人喜歡A的文章，有人喜歡B的文章。有人是C作者的粉絲，也有人想跟D作者學習。同時，只要有那個意願，自己也能成為A或B或C或D。所以，寫作才會如此充滿魅力。也因此，不要畏懼寫作，不要想太多，去寫就對了。

這裡又要提一下我自己的事，年輕時，常有人說我「好奇心旺盛」、「對什麼都感興趣」。儘管我沒有自覺，被這麼一說才發現好像真是如此。遇到不懂的事就想去弄懂，弄懂之後又會出現其他想弄懂的事，實在很有趣。

閱讀和寫作也一樣。學會閱讀和寫作至今已經過了這麼久的時間，我的好奇心仍絲毫未減。以前曾跟別人說「我對日語非常感興趣」，對方表現出驚訝的反應，似乎不明白「為什麼？」換句話說，對那個人而言，日語只是個麻煩的東西吧。沒錯，日語少有規則可循，正確答案又有很多種，會覺得這種語言很麻煩也是理所當然的事。

可是我就是喜歡這樣的語言。所以，無論閱讀或寫作我都喜歡。正因我自己始終如此相信，才想對「想寫卻煩惱著寫不出來」的人說：

想讓寫作成為一件快樂的事，需要的不是瑣碎的技巧，而是好奇心。我對這點有自信，也敢掛保證。同樣的道理可以套用在很多事上，尤其是寫作，真正需要的就是好奇心。

讀了誰的文章，心想「欸？還有這種寫作方法喔？」、「原來這個人的感覺是這樣啊？」或「真的可以這樣寫嗎？」。像這樣內心湧現疑問，想著自己也來寫寫看——對寫作充滿好奇心，在好奇心的驅使下盡情追求答案，最後就能寫出不屬於誰，「只屬於自己的文章」。**只要有好奇心和幹勁，這是誰都辦得到的事。**

第4章 總結

❶ 找到舒適寫作的環境與方法，就能維持寫作意願。

❷ 有「非寫不可的狀況」和「無法不寫的衝動」，就自然寫得出來。

❸ 無法順利寫下去時，也要有把寫到一半的文章果斷放棄的勇氣。

❹ 養成「隨時隨地找話題」和「伸長天線接收資訊」的習慣，「話題資料庫」就會愈來愈豐富。

❺ 作品有趣或無聊，是由讀者來決定的。請不要擅自做出評斷。

❻ 只要有「想寫」的念頭，不是職業作家也能成為出色的寫作者。

❼ 因為沒有「正確答案」，寫文章才會這麼有趣。抱持永遠都要克服眼前障礙的心情來寫吧。

一心只想著「該怎麼樣才寫得出來」，只會愈來愈不安。要是感到不安，都先拿起筆或打開電腦、手機，什麼都好，試著寫下一兩句話吧。寫作意願有時只需要一點小刺激就能輕鬆提高，請先在自己心中找尋打開寫作意願的開關。

終章

「會寫文章」人生就多了一大武器

變得會思考別人的心情

本書即將進入尾聲。讀到這裡，你是否也湧現了「想寫寫看」的心情，或產生類似這樣的心情了呢？如果有的話，那就太好了。以下將根據我的親身經驗，想想「會寫文章」之後多了哪些收穫。

無論只是為工作而寫的文件，還是記錄自己喜好事物的部落格等自媒體上的文章，寫作的主體都是「自己」。**因為有寫的必要，因為有想寫的原因，所以「主動」去寫**。說來簡直太理所當然，但其中卻有個重點。

那就是，**「有必要」和「有原因」，都能成為寫作的巨大動力**。

我已經強調過很多次，若把寫作視為義務，當然只會從中感到痛苦。因為那種時候，「自己」很容易被擺到後面。這麼一想，就知道記住「為自己而寫」有多麼重要了吧。**若是切身感受到「出於自己的意願而寫」，這個念頭就能化為寫作的動力。**

然而現實是，就算自認是「為自己而寫的自由創作」，背後多半也還有著自己之外的存在。這樣的描述看起來可能很難懂，但絕對不是負面的意思，正好相反。我想說的是，**「要有人閱讀，文章才會更閃閃發光」**。大多數時候，我們或許都忽略了那個背後的存在。可是事實是，正因有讀者，文章才被賦予了生命。

舉例來說，為工作而寫的企劃書，目的是讓這份企劃通過審查。為此，需要準備說服別人接受企劃的原因。這麼一來，寫企劃書時，腦中一定會下意識思考「如何說服看這份企劃書的人」。感覺到「文章另一頭的人」，因而確實產生了一份「想說服對方的心情」。正是這份心情反映在字裡行間，這篇文章（企劃書）才具有說服力。

當然，寫自己喜歡的東西也一樣。因為，在「自由寫自己喜歡的東西」這個想法背後，**肯定也有「希望讀了這篇文章的人能喜歡上自己喜歡的東西」的心情**。要是沒有這份心情，應該不會興起寫下這篇文章的念頭。

說來真的很理所當然，只是沒有發現而已。就算不為工作，沒有寫作的義務，也會抱著想把讀者拉進那個世界裡的心情去寫。

換句話說，為的是工作也好、興趣也好，**寫文章時總下意識地思考著「該如何讓閱讀這篇文章的人明白」**。即使自認「我是為自己而寫的啦！」實際上仍有其他人（讀者）圍繞著這篇文章。所以，無論有沒有意識到這點，就結果而言，寫作者都在不知不覺中思考「這樣寫才能讓人看懂」或「用這種方式描述，才不會引起閱讀的人反感」，如此找尋適合的表現方式或做出某些顧慮。

也就是說，一旦開始寫文章，多多少少都會站在讀者的立場想，愈來愈懂得思考別人的心情。

以寫部落格或在社群網站上發文來說，有時也會憑著一股衝動，忘了考慮讀者心情，寫下內容太過分的文章，事後才陷入反省。以前我就曾有這種經驗，現在回想起來還是感到很丟臉。不過，這樣的失敗也是一種學習。

我從中學到「正因無視讀者想法，想寫什麼就寫什麼，才會寫出過分的話，以後不能再犯一樣的錯了」。從此之後，我寫文章時都會盡量站在讀者的立場，思考讀者的心情。

就這層意義而言，**寫文章這件事可說是一種「向他人傳達內心想法的訓練」**。只不過，這訓練不但不痛苦，反而還很有趣。只要不斷重複一樣的訓練，慢慢就會懂得思考別人的心情（擴大自己的視野）。

寫習慣了就會有自信

人類具有「習慣、適應」的特性。即使一開始覺得自己「不擅長寫作」，**寫著寫著忽然發現，「不知不覺中習慣了寫作，好像寫得出來了」也是常有的事。**

舉其他事物的例子來說明或許更好理解。比方說，原本用習慣的網站介面毫無預警地改了。這種時候，一開始可能會慌亂地想「改成這樣我不會用了」，內心產生強烈抗拒感。可是，很快就會發現，自己比預期的更快適應了新的界面。

而且，發現自己「會用了」，還能或多或少帶來自信心。心想「只是原本想得太難而已，其實自己也行的嘛」。不管怎麼說，人都是習慣的動物，一旦**習慣之後也會產生自信**。所以，真的不需要擔心。

請從前面介紹的方法裡挑幾種來試試看吧。當然，一開始或許會有所排斥，心想「才沒那麼簡單」。可是，像是第三章介紹的「瞬間筆記」或「流水帳日記」，實際選一兩種方法實踐，肯定馬上就會習慣。

習慣之後，接下來就沒什麼好怕了，「繼續往前走」，將會發現這條路愈走愈有意思。

重點是**不要有「非習慣不可」的想法**。這麼想只會帶來痛苦，而且根本不用這麼想，只要持續做下去，自然就會習慣。

活得愈來愈從容

回顧自己一路走來的過程，我發現了一件事。雖然只是一點點，但我活得愈來愈從容。雖說天生個性樂觀，但過去的我也有莫名膽小的地方，這或許是序章提到的車禍受傷造成心靈創傷的影響吧，我如此自我分析。

在廣告公司工作時，寫的是人力銀行的文案，會看的只有客戶和找工作的人。成為樂評之後，多了許多音樂迷閱讀我寫的文章。成為自由寫作者之後，又有更多讀者閱讀我的文章。開始寫書評，也兼任作家的現在，閱讀我文章的讀者比以前多了更多。儘管這一路上也有挫折，但我真的對現狀充滿感謝。

不管怎麼說，我無意間發現，經歷了這一連串的過程後，自己**在精神上變得比過去更游刃有餘**。毫無疑問的，這都要拜閱讀我文章的讀者增加之賜。我知道自己還有很多進步空間，即使如此，仍有這麼多讀者願意閱讀我寫的文章，值得感恩的是，獲得的好評也一直增加。我想，這就是我感到愈來愈從容不迫的原因。

同樣的道理也適用於所有寫文章的人。說來理所當然，有人閱讀自己的文章並給予某些反應，且數量愈來愈多的話，任誰都會產生自信。

更何況，包括社群網站和部落格等媒體在內，現代社會有更多的表現管道，寫作的可能性也比以前更大。甚至可以說，**只要持續寫下去，誰都有可能迎來輕鬆自在，從容寫作的一天。**

擺脫社交障礙

二〇一七年，我寫了《有社交障礙的人如何聆聽與表達》（コミュ障のための聴き方・話し方，暫譯）這本書。和多數人相比，我算是比較喜歡跟人交談的類型，社交能力絕對不算低。可是，我還是強烈感覺到自己非寫這本書不可。

之所以那麼想，原因在於心中的「矛盾」。我一方面喜愛與人交談，有時也會出現完全相反的另一面。

比方說，和個性合得來的人可以大聲開心聊天，途中若加入自己不擅長應付的對象，聲音就會瞬間變小。或者，明明跟工作上認識的人聚餐時舌燦蓮花，回家路上面對便利商店店員時卻緊張得語無倫次。就像這樣，我也有著「不懂自己為何在那種時候變得這麼消極內向」的一面。

我想不只我，一定有很多人都經歷過這種落差感。各方面人際關係都做到完美的人或許才是少數，每個人都有自己不擅長應付的類型，這是理所當然的事。或許可以說「每個人或多或少都有社交障礙，這一點也不奇怪」。我想表達這個，所以寫了那本書。

即使自己展現了社交障礙的一面，也沒必要過於煩惱或緊張。此外，把「寫文章」這件事加進來看，又會出現另一個可能性。剛才提過「讀者愈多，心情就愈從容不迫」，**人只要愈積極，多多少少就會愈有自信，也就能盡量擺脫社交障礙了。**

或許無法完全擺脫社交障礙，只是慢慢地改變。可是，**重要的就是這個「慢慢地」**。即使看不出劇烈改變，只要持續寫作就能一步一步前進，這是非常寶貴的事。寫到這裡我忽然發現，就這層意義來說，寫作也有療癒的效果。

人生過得更開心

好的，終於來到最後了。在此我想重新整理自己藉由本書闡揚、說明的事。

遺憾的是，確實會「因為文章寫不好，對寫作這件事變得愈來愈消極」。可是，每個人都有可能這樣，這不是什麼特別值得煩惱的事。不只如此，其中還有個容易忽略的重點。前面也提過好幾次，那就是**「即使一開始寫不好，只要持續下去一定會習慣寫作」**。寫不好的確令人沮喪，有時可能還會萌生「算了，不寫了」的放棄念頭。

可是，這樣就放棄太可惜了。寫不出來的自己也是一種體驗，該做的是好好享受這種體驗，並且繼續寫下去。進入「寫不出來」的階段時，暫時離開寫作這件事，去**做別的事轉換心情，之後再重新挑戰寫作就好**。基本上，不妨把寫作視為練習，抱持著「寫下的文章沒必要給別人看」的想法，這樣就輕鬆多了。**總而言之，**

最重要的就是習慣寫作。習慣之後，眼前就會出現各種可能。

持續練習寫作，慢慢就會習慣寫作。這可說是一大進步。不過多數時候自己沒有意識到，通常都是「在不知不覺中發現自己寫作能力進步了」。不管怎麼說，習慣之後，「不擅長」的感覺將慢慢消失。接下來，真的會慢慢地，一點一滴愛上自己的文章。

習慣寫作，也愛上寫作，文章就會產生「說服力」。這或許也是自己很難察覺的東西，但是，具備「說服力」的文章更容易打動讀者的心。以結果來說，只要自己不失去寫作意願，讀了你的文章並給予好評的讀者或許會增加。接著，給予好評的讀者可能會推薦別人來讀你的作品，就這樣，你的讀者愈來愈多。

給予自己正面評價的人增加了，自己也會一點一點增加對文章的自信心。即使不到「太棒了！我現在很有自信了！」的程度（多數時候都不會有這種感覺啦），至少對於寫作這件事，會在不知不覺中「感到愈來愈輕鬆」。這就表示你已經脫離「因為文章寫不好，對寫作這件事變得愈來愈消極」的狀態。

能走到這個階段，代表已經克服了許多困難。可是，這還不是終點。今後也要繼續寫作的習慣，總之持續寫下去就對了。寫完只是放著也沒關係，想上網發文或採取其他行動也可以。無論如何，只要像這樣**反覆寫下去，人生肯定會過得愈來愈有樂趣**。

再說，寫下的東西愈多，也能為人生留下愈多紀錄。

❶ 只要找到寫作的必要性，就能提高寫作的動力。

❷ 把讀者放在心上，就會湧現「想讓對方理解」的心情，如此一來，寫作技巧也會跟著提升。

❸ 不行動就不會有自信。在日常生活中落實寫作，自信也將隨之而來。

❹ 習慣寫作後，性情也會愈來愈積極，為人際關係帶來正面影響。

❺ 反覆「寫作→得到好評」的過程，讓寫文章這件事變得愈來愈開心。

到此，本書介紹了各式各樣寫作的技巧。學習技巧並加以活用，習慣寫作這件事，是文筆進步的必經過程。不過，比什麼都重要的是「樂在其中」。寫得好也好，寫得不好也罷，都請試著分析自己的文章，找出有趣的地方吧。多去認識自己，說不定這是寫出好文章的捷徑。

〔結語〕人只要活著就逃不開寫作這件事？

前幾天，我在某個地方看到**「人只要活著就逃不開寫作這件事」**這句話。原本覺得很有道理，但隨著時間的經過，開始感到不太對勁了。

這句話的確沒有說錯。可是，「逃不開」的說法，多多少少給人「因為逃不開，不得已才非寫不可」的消極感受。這麼一來，有可能使寫作這件事變得更痛苦。所以，我想試著用更委婉，更隨性的方式表達。

人只要活著，就寫得出來。

所有動物之中，只有人類懂得「寫作」，這可說是上天賦予人類的權利。擁有寫作的權利，若是實際上也寫得出來，就能增加「想傳達」、「想表達」的東西了。不只如此，一如前面提過的，人生將因此變得更有樂趣。換句話說，**上天賦予了我們這種充滿各種可能性的機會**。

既然如此，不寫不是虧大了嗎……不，不是虧損或賺到的問題。只是，既然「能寫」就寫不是比較好嗎？更何況，除了能寫之外，人類還有「能夠成長」的潛力。**愈寫，就愈能寫**。愈寫，寫作技巧就愈好。技巧提高了，寫作就會愈來愈有意思。

所以，我深深認為「寫比不寫好」。技巧和訣竅都是可以慢慢培養的東西，**總之要先試著寫看看**。為了傳達這麼簡單又重要的觀念，我寫下了這本書。如果能為「想寫卻不知道怎麼寫的人」派上用場，對我而言就是無上的光榮。

最後，要在此感謝本書的責任編輯，也是一起將《快速抓重點，過目不忘的閱讀術》做成文庫本的ＰＨＰ研究所的中村悠志先生。

印南敦史

Ideaman 161

日本暢銷書點評手的超寫作術

年讀700本，月寫60篇書評 日本知名書評家完整公開十年寫作生涯的寫作祕技

原著書名——「書くのが苦手」な人のための文章術
原出版社——株式会社ピーエイチピー研究所
作者——印南敦史
譯者——邱香凝

企劃選書——劉枚瑛
責任編輯——劉枚瑛
版權——吳亭儀、江欣瑜、林易萱
行銷業務——周佑潔、賴玉嵐、賴正祐

總編輯——何宜珍
總經理——彭之琬
事業群總經理——黃淑貞
發行人——何飛鵬
法律顧問——元禾法律事務所 王子文律師
出版——商周出版
台北市104中山區民生東路二段141號9樓
電話：(02) 2500-7008 傳真：(02) 2500-7759
E-mail：bwp.service@cite.com.tw
Blog：http://bwp25007008.pixnet.net./blog
發行——英屬蓋曼群島商家庭傳媒股份有限公司城邦分公司
台北市104中山區民生東路二段141號2樓
書虫客服專線：(02) 2500-7718、(02) 2500-7719
服務時間：週一至週五上午09:30-12:00；下午13:30-17:00
24小時傳真專線：(02) 2500-1990、(02) 2500-1991
劃撥帳號：19863813 戶名：書虫股份有限公司
讀者服務信箱：service@readingclub.com.tw
城邦讀書花園：www.cite.com.tw
香港發行所——城邦（香港）出版集團有限公司
香港九龍九龍城土瓜灣道86號順聯工業大廈6樓A室
電話：(852) 2508-6231 傳真：(852) 2578-9337
E-mail：hkcite@biznetvigator.com
馬新發行所——城邦（馬新）出版集團【Cité (M) Sdn. Bhd】
41, Jalan Radin Anum, Bandar Baru Sri Petaling,
57000 Kuala Lumpur, Malaysia.
電話：(603) 9056-3833 傳真：(603) 9057-6622
E-mail：services@cite.my

美術設計——簡至成
印刷——卡樂彩色製版印刷有限公司
經銷商——聯合發行股份有限公司 電話：(02) 2917-8022 傳真：(02) 2911-0053

2023年12月14日初版
定價380元 Printed in Taiwan
ISBN 978-626-318-901-0
ISBN 978-626-318-903-4（EPUB）

城邦讀書花園
www.cite.com.tw

國家圖書館出版品預行編目(CIP)資料

日本暢銷書點評手的超寫作術/印南敦史著；邱香凝譯. -- 初版. -- 臺北市：商周出版：英屬蓋曼群島商家庭傳媒股份有限公司城邦分公司發行, 2023.12
232面；14.8×21公分. -- (ideaman；161) 譯自：「書くのが苦手」な人のための文章術 ISBN 978-626-318-901-0(平裝)
1.CST: 寫作法 811.1 112017204

商周出版

廣　告　回　函	
北區郵政管理登記證	
台北廣字第000791號	
郵資已付，免貼郵票	

104台北市民生東路二段141號B1

英屬蓋曼群島商家庭傳媒股份有限公司

城邦分公司

請沿虛線對摺，謝謝！

商周出版

書號: BI7161　書名: 日本暢銷書點評手的超寫作術　編碼:

請於此處用膠水黏貼

商周出版

讀者回函卡

線上版讀者回函卡

感謝您購買我們出版的書籍！請費心填寫此回函卡，我們將不定期寄上城邦集團最新的出版訊息。

姓名：________________ 性別：□男 □女

生日：西元________年________月________日

地址：________________

聯絡電話：________________ 傳真：________________

E-mail ：

學歷：□ 1. 小學 □ 2. 國中 □ 3. 高中 □ 4. 大學 □ 5. 研究所以上

職業：□ 1. 學生 □ 2. 軍公教 □ 3. 服務 □ 4. 金融 □ 5. 製造 □ 6. 資訊

□ 7. 傳播 □ 8. 自由業 □ 9. 農漁牧 □ 10. 家管 □ 11. 退休

□ 12. 其他________________

您從何種方式得知本書消息？

□ 1. 書店 □ 2. 網路 □ 3. 報紙 □ 4. 雜誌 □ 5. 廣播 □ 6. 電視

□ 7. 親友推薦 □ 8. 其他________________

您通常以何種方式購書？

□ 1. 書店 □ 2. 網路 □ 3. 傳真訂購 □ 4. 郵局劃撥 □ 5. 其他________

您喜歡閱讀那些類別的書籍？

□ 1. 財經商業 □ 2. 自然科學 □ 3. 歷史 □ 4. 法律 □ 5. 文學

□ 6. 休閒旅遊 □ 7. 小說 □ 8. 人物傳記 □ 9. 生活、勵志 □ 10. 其他

對我們的建議：________________

____

____

請於此處用膠水黏貼

Idea man